寻找散落的红星

童团结 / 著

漓江出版社

图书在版编目（CIP）数据

寻找散落的红星 / 童团结著 . -- 桂林 ：漓江出版社 , 2023.3（2025.1 重印）
ISBN 978-7-5407-9369-2

Ⅰ . ①寻… Ⅱ . ①童… Ⅲ . ①报告文学－中国－当代Ⅳ . ① I25

中国版本图书馆 CIP 数据核字 (2022) 第 254569 号

XUNZHAO SANLUO DE HONGXING
寻找散落的红星

著　　者　童团结

出 版 人　刘迪才
责任编辑　黄　圆
助理编辑　宁梦耘
装帧设计　石绍康
责任校对　苏子新
责任监印　杨　东

出版发行　漓江出版社有限公司
社　　址　广西桂林市南环路 22 号
邮　　编　541002
发行电话　0771-5825315　0773-2583322
传　　真　0771-5825315　0773-2582200
邮购热线　0771-5825315
电子信箱　ljcbs@163.com
微信公众号　lijiangpress

印　　制　三河市嵩川印刷有限公司
开　　本　787 mm×1092 mm　1/16
印　　张　12
字　　数　150 千字
版　　次　2023 年 3 月第 1 版
印　　次　2025 年 1 月第 2 次印刷
书　　号　ISBN 978-7-5407-9369-2
定　　价　60.00 元

寻找散落的红星

袁隆平题

二〇一九.五.九

“共和国勋章”获得者、中国工程院院士袁隆平 题

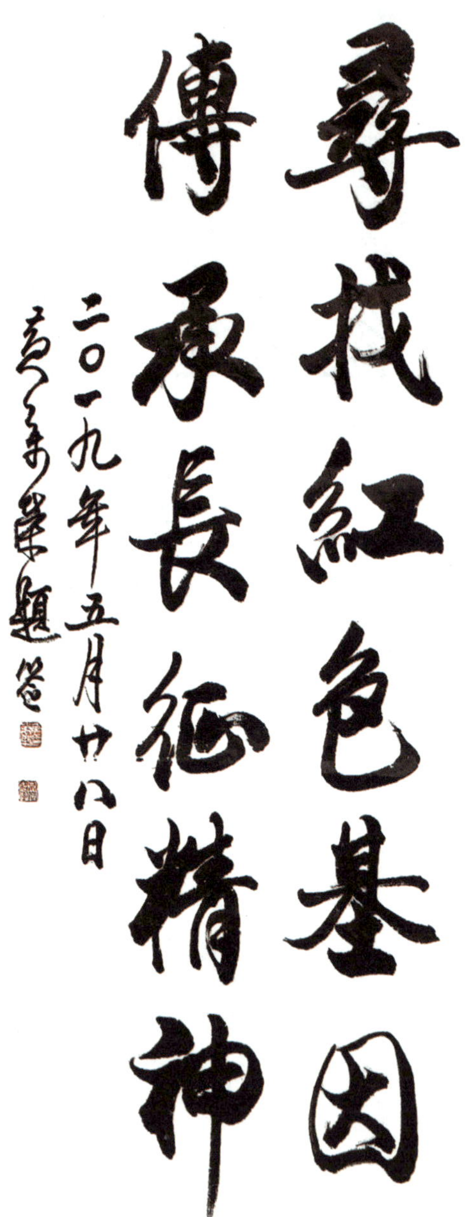

中国人民解放军空军工程大学原副校长、少将　黄万荣 书

序

李亚滨

青年作家童团结撰写的《寻找散落的红星》一书，再现了1934年那场血雨腥风的战争，讴歌了英勇善战、不怕牺牲的中国工农红军的光辉形象，是一部传承红色基因、发扬红军长征精神、激励后人不忘初心的教科书，也是一份文笔流畅、内容翔实、史料丰富的珍贵档案。

湘江战役是红军长征中影响深远的一次战役，也是红军长征中最悲壮的一次战役。经过湘江战役，中央红军的人数锐减至3万余人，数以万计的红军战士的鲜血染红了湘江及湘江两岸的土地，其中包括红三十四师师长陈树湘、政委程翠林。因此，留下了“三年不饮湘江水，十年不食湘江鱼”的悲痛。发生在广西桂林市灌阳县的新圩阻击战是湘江战役至关重要的一战，也是一次战况激烈、红军“折损过半”的战斗，仅在枫树脚的两天阻击战中，就牺牲了两千多人，红五师参谋长胡震、红五师十四团团长黄冕昌壮烈牺牲。接防的红六师第十八团伤亡殆尽，红三十四师在水车抢渡浮桥时也牺牲了两百多人。他们的付出为中央红军抢渡湘江赢得了时间。

我的父亲李天佑时任红三军团第五师师长，是这场战役的亲历者、指挥者，但由于战斗的惨烈，父亲很少对我提起，直到后来我读了父亲的传记《李天佑将军传》和他的回忆录《把敌人挡在湘水面前》，才知道父亲是一位勇敢的红军指挥员，有“小老虎连长”之称。原中国共产党中央顾问委员会常委、中国人民解放军原副总参谋长伍修权在我父亲的传记《李天佑将军传》中说：“他是我军杰出的军事指挥员。……他年龄不大，已身经百战，每战必身先士卒，冲锋在前，专打恶仗硬仗，多次在危急关头扭转战场形势，夺得战斗胜利。……在东征福建、第五次反‘围剿’、长征以后冲破敌人封锁线的一系列战斗中，天佑同志都指挥部队打得很顽强、很出色，完成了上级赋予的艰巨任务，一再受到彭德怀同志的赞扬。”在我很小的时候，我见过父亲身上的伤痕：左背、手腕、腿上……都留下了伤疤。这些伤疤，是战争留下的印记。

同我父亲一样优秀的红军指战员还有许多，他们既是当时战争造就的英雄，也体现了我们这支队伍的可爱之处——他们心中装着天下的贫苦老百姓，有着崇高的信仰和远大的理想。

《寻找散落的红星》一书，由灌阳本地作家童团结创作，本土化、真实性和细节饱满是该作品的突出特点。

作者深入走访、调研，收集到了大量文献资料、图片资料和民间口头传说，还原了湘江战役给灌阳留下的历史印记和心灵震撼。

文学创作是讲究作者风格独异的，最怕千篇一律、千人一面，共性有余，个性一片空白。湘江战役这一重大的历史事件，决定了有关这场战役的文艺作品具有重大价值，有关作品是非常多的，但是要想写出这个题材的新颖性也是有着一定的难度的。作家童团结的这部作品，重点书写了湘江战役中三大阻击战之一的新圩阻击战背后的故事，这与我所看到的湘江战役方面的书籍有着不同之处，我觉得这也是这部作品的新颖性和最大价值所在。

在中华人民共和国成立70周年之际，该书以地方视角回顾湘江战役，既是对长征精神的传承和礼赞，也是新时代思想意识的统一和再起航。

《寻找散落的红星》是一部具有思想性、教育性、可读性的好书，我有幸先读了这部作品，引发了我的一些回忆和感想，写成了这篇序，以纪念我的父亲和与我父亲一起战斗过的战友们，并供广大读者参考。

（李亚滨，系开国上将、原红五师师长李天佑之子，大校军衔）

2019年4月26日于北京

目录

Contents

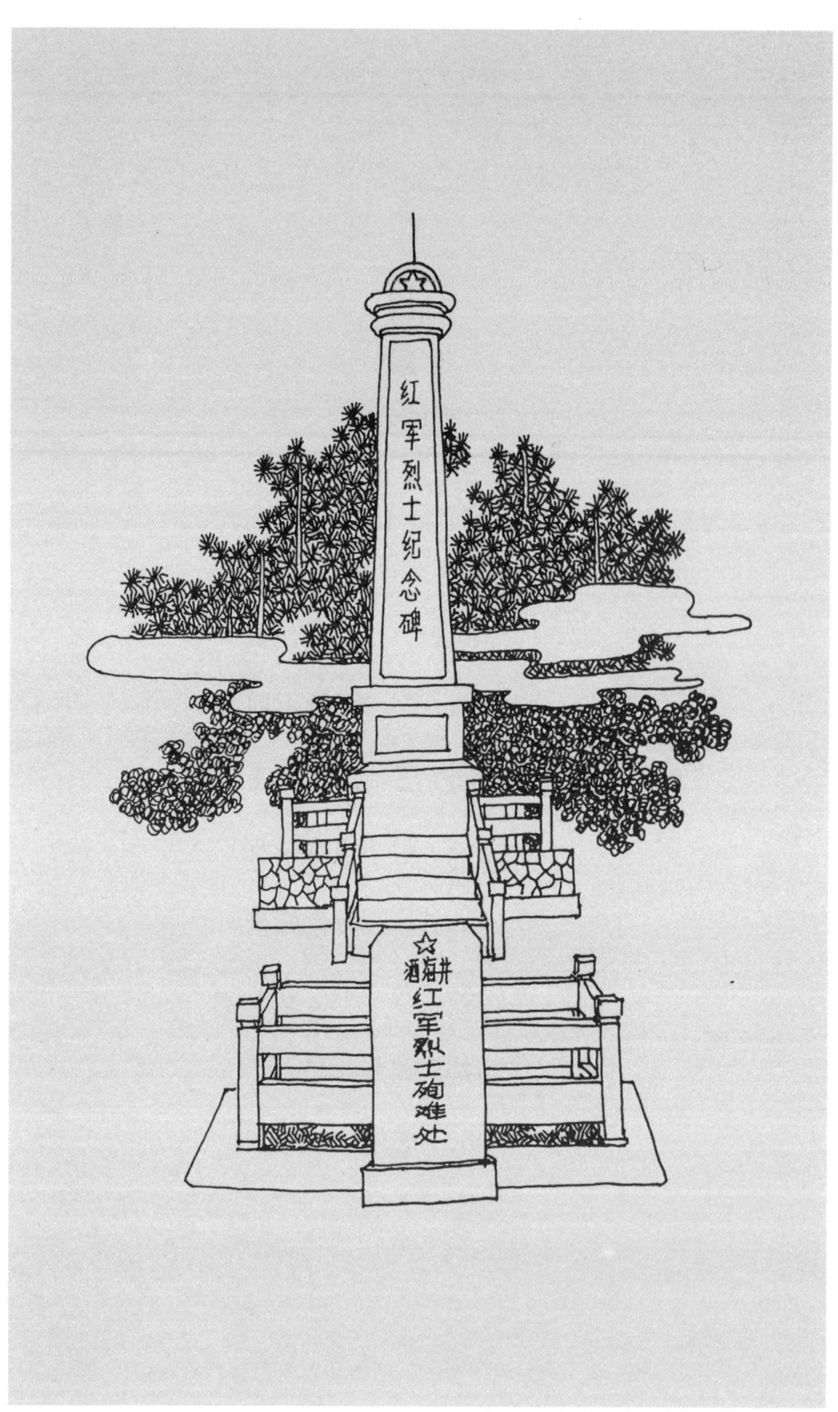

黄敬佳 图饰

一　沉痛往事

2017年8月13日，灌阳县委、县政府在广西灌阳县新圩镇和睦村启动了酒海井红军烈士遗骸勘探打捞工作，立即引起了全社会的关注。

8月14日，专注于原创图片和视频故事挖掘的“视图空间”和“腾讯新闻”网站分别以《80多年前，百名红军被推入深井中，灌阳尝试勘探寻找烈士遗骸》《百名红军83年前牺牲在广西一深井中，如今将“回家”》为题播出酒海井红军遗骸打捞相关新闻：“1934年11月，广西灌阳100多名红军伤病员来不及撤离，被国民党反动派用棕绳捆绑，残忍地推下一口深不可测的井中，壮烈牺牲。（2017年）8月13日，灌阳县请来文物考古方面的专家下井勘探，计划将红军烈士遗骸送‘回家’。”当晚的点击量就达到了100万人次。

9月22日，灌阳县政府在酒海井旁召开湘江战役新圩阻击战红军烈士遗骸鉴定结果情况通报会。《人民日报》为此给出了《默哀！这个无比沉痛的事实被证明了》的醒目标题，正式向社会公布："广西灌阳县就酒海井红军烈士遗骸鉴定结果向外发布，从该县酒海井打捞的人骨确系 83 年前的 1934 年被丢进井里残忍杀害的红军战士遗骸。""澎湃新闻"一天内刊发两次相关主题文章《广西灌阳：沉井遗骸确系 83 年前遭残杀红军，将举行安葬仪式》和《遗骸鉴定专家：广西 83 年前遇难红军生前曾遭迫害，营养不良》。《广西日报》组织综合报道《对不起，我们来晚了！桂林深井打捞出数十具红军烈士遗骸》。

随后，多家媒体参与追踪报道。

9 月 24 日、25 日，两天时间里，新华社、澎湃新闻、央视网、央视新闻频道、人民网及《光明日报》《人民日报》《新京报》等陆续跟进报道："灌阳 20 具遗骸系红军，被害时不满 25 岁。""每一位烈士都应被铭记！ 83 年了，我们从没忘记你们。"

《广西日报》《南国早报》《桂林日报》《桂林晚报》等地方媒体充分利用地缘优势，组织了系列报道："酒海井下被害红军烈士遗骸 83 年后重见天日，已打捞出 20 具。"" 我是第 13 560 位向灌阳酒海井红军烈士献花的网友。"《北京青年报》《成都商报》《浙江新闻》等外地媒体纷纷转载："曾参与'南海一号'定位打捞工作的专业潜水俱乐部对灌阳新圩酒海井进行义务勘探，寻找 83 年前的红军烈士遗骸。""广西酒海井红军遗骸打捞难度大，这支浙江潜水队成主力。"

这一事件引起了中央领导和地方各级领导的高度重视。2018 年 12 月 3 日至 5 日，中共中央政治局委员、中宣部部长黄坤明深入灌阳县、兴安县、全州县，瞻仰了红军烈士陵园和纪念碑园，详细了解了灌阳等地湘江战役革命遗址的保护利用情况。

2019年6月11日，广西壮族自治区党委书记、自治区人大常委会主任鹿心社来到湘江战役新圩阻击战酒海井红军纪念园，向烈士墓敬献鲜花，他强调："进一步学习好、宣传好、继承好、弘扬好长征精神和红军将士在湘江战役中体现出的'勇于胜利、勇于突破、勇于牺牲'精神，走好新时代长征路，这是对革命先辈最好的纪念。"

…………

酒海井形成于何时，到底有多深，谁也说不清。人们熟悉到熟视无睹的只是它的外形：井口小，直径约2米；腹部大，直径约6米。上小下大，形如"酒海"。

酒海，是人们对于大型盛酒容器的俗称。当地老百姓把这口井叫作"酒海井"，正是因为它的深不可测。

多少年来，民间流传着许多关于酒海井的传说，除了深不见底的神秘，在当地老百姓中广为流传的是与它相关的惨烈过往：1934年新圩阻击战后，100多名红军伤病员被活活地投入这口井中壮烈牺牲，惨叫声几日不绝。

这实在是让人难以想象，是什么样的敌人那么残暴，有着如此疯狂的兽性？他们可以用枪、用刺刀来结束人的生命，却偏偏选择了这种极为罕见、惨无人道的手段。

这无疑是一个悲壮的故事！半个多世纪过去，多少人、多少事被时间淹没，在灌阳曾经家喻户晓的故事似乎渐渐变成遥远的"传说"。

2004 年修建的红军烈士纪念碑（上图） 灌阳县文化广电体育和旅游局 提供

酒海井名称碑（下图） 童智 摄

这次烈士遗骸打捞工作揭开了尘封的往事，再现了 1934 年那场悲壮的战役，让多少人重温了光荣的梦想、不朽的信念。二万五千里长征路已经成为传奇，而不忘初心、牢记使命的新长征路正在我们的脚下。

黄敬佳 图饰

二　红色土地

灌阳，位于广西桂林的东北部，一片神奇的土地。她，不喧嚣，不媚俗，不张扬，内敛而深沉。

历史悠久的千年古城灌阳，早在远古时代，就有人在这里劳动生息。据旧《灌阳县志》［清康熙四十七年（1708年）版］及《中国历史地图集》《广西历代郡县沿革简编》等文献记载，早在三国吴时，灌阳已建县。也有史料记载，灌阳在西汉汉文帝前元十二年（前168年）前已建县，称观阳县，隶属西汉刘邦时设置的桂阳郡，该郡隶属长沙国（诸侯国），后又经历了隶属、分合、撤销、复置等变革。隋大业十三年（617年），灌阳复置为县，县名由观阳改为灌阳，隶属零陵郡。明洪武二十八年（1395年），时任广西都指挥使韩观以灌阳“远湖广、近广西、易平瑶乱”为由，具奏改隶灌阳归属广西布政使司桂林府。

西周圈带纹铜铙　灌阳县博物馆 提供

唐代凫首铜鐎斗　灌阳县博物馆 提供

桂剧演出　文衍彩 摄

文化深厚的灌阳，人才辈出，尚文重教，为广西开办县学较早的县，早在隋大业十三年（617 年）就开办县学。这里，是瑶族的发祥地，是少数民族和汉族聚居的地方，也是桂剧的发源地之一。灌阳杰出人物唐景崧是最后一任台湾巡抚、广西桂剧的先驱人物。

灌阳，北连全州，南接恭城，西靠兴安、灵川，东与湖南道县、江永接壤，像一片向西弯曲的树叶，镶嵌在海洋山山脉和都庞岭山脉之间。境内，峰峦叠嶂，丘陵起伏。之前的灌阳只有古道，生活在这里的人们来往主要靠步行，物资运输靠肩挑、船载。

灌阳地势险要，易守难攻，为中原进入岭南之重地，是历代兵家必争之地。

这里是红色的沃土、英雄的土地——红军三次经过灌阳。

第一次是红七军北上中央苏区过灌阳。经过1929年百色起义、1930年龙州起义的洗礼之后，1930年11月，经过河池整编的红七军7000多人，奉命离开右江革命根据地，执行李立三等主导的“左”倾冒险主义计划，去攻打柳州、桂林、广州等大城市，转战于桂、黔、湘边境。在全州县城休整期间，大家对攻打大城市的指示产生了怀疑，中共红七军前敌委员会召开了会议，进行了反思，决定放弃攻打大城市的计划，准备转战到湖南江华、临武一带发动群众，然后出广东连县（今连州市）到北江一带，与江西的中央红军取得联络。1931年1月5日凌晨，经过全州整顿的红七军，在前敌委员会书记邓小平、总指挥李明瑞和军长张云逸的率领下，离开全州县城，由全州县东南部进入灌阳县文市镇的陈家坪村、王道村、勒塘村一带，并在该地宿营。红七军进入灌阳以后，将司令部设在王道村祠堂里。他们在驻地张贴布告，召开群众大会，号召贫苦农民团结起来，打倒贪官污吏、土豪劣绅，废除苛捐杂税，实行土地革命。他们纪律严明，对人说话态度温和，买卖公平，对各方民众秋毫无犯；他们不拿群众一针一线，买东西给钱，群众不要钱他们就不拿东西。即使在严寒的天气，他们穿着单衣薄裤，也宁愿睡在村边的石板上，不进入老百姓家里。老百姓见到红军，人人都夸：“从未见过这么好的军队。”

第二次是红六军团西征过灌阳。由于王明“左”倾冒险主义的错误，中央红军在第五次反“围剿”中屡战不利，1934年5月，中共中央、中革军委（中华苏维埃共和国中央革命军事委员会）做出放弃中央苏区，进行大规模军事转移的决定。1934 年 8 月 7 日，在中央代表、军政委员会主席任弼时和军团长萧克、政委王震等人的率领下，红六军团退出湘赣革命根据地，作为中央红军长征先遣部队，向西突围，转到湖南中部去发展游击战争，创立新的革命根据地。当时，红六军团西征的兵力为 2 个师 6 个团，共 9000 多人。9 月 2 日拂晓，红六军团前锋第十八师第五十二团在湖南道县蒋家岭村向桂军第七军第十九师第五十五团一个营和民团第二中队发起攻击，突破敌军两翼，敌人即将全线崩溃。这时，驻防湖南道县县城和寿佛圩（今湖南永州市道县寿雁镇）的桂军第十九师 1 个团和 2 个营急忙赶回驻地增援。为避免腹背受敌，当日下午，红六军团主动撤出战斗，绕道沙田，从清水关进入广西。经马山、斜水，到达灌阳五里坪，随即快速占领巨望乡公所，活捉了正在写布告攻击、污蔑红军的乡长文诗安，当晚在五里坪、桂岩、岩口一带宿营。9 月 3 日清晨，红六军团向文市挺进。驻守在文市灌江渡口的地方民团见到红军突然而至，连刚刚架好的浮桥也来不及撤除就逃之夭夭。红军不费一枪一弹就占领了文市，随之渡灌江西进。为防备还在蒋家岭的桂军尾追，红六军团一方面组织渡江，另一方面留下第五十团一个营和第五十三团在灌江东西两岸布防。下午 3 时，桂军第十九师师长周祖晃率领第五十五团、第五十六团追至文市的灌江东岸，向红军发起猛烈攻击。红五十团团长刘式楷率领一个营在磨头山高地奋勇应战，一次又一次地打退了敌人的进攻。在激烈的战斗中，刘式楷不幸阵亡。红五十团撤至河西，将浮桥烧毁，与红五十三团联合打击桂军。敌人占领磨头山高地以后，疯狂地用步兵炮轰击红军阵地，同时出动飞机进行轰炸，企图从上游渡河迂回消灭红军。红军顽强抗敌，将敌人一排排

清水关　蒋仁润 摄

文市灌江渡口——1934 年，红军在这里架设浮桥渡过灌江　蒋仁润 摄

山环水绕灌阳城　灌阳县文旅局提供

击倒在江里，把敌人阻击在灌江东岸，使敌人始终渡不过灌江。半天的战斗，红军伤亡 100 多人。晚上 9 时，红六军团后卫部队胜利完成了阻击任务，撤出战斗，往全州石塘圩方向追赶主力部队。敌人受到打击，士气大灭，当晚不敢尾追，第二天早上才进到河西。此时，红军已消失得无影无踪。

第三次是中央红军长征过灌阳。1934 年 10 月，由于王明“左”倾冒险主义的错误领导，中央红军第五次反“围剿”失败，处于敌人层层包围之中。为保存革命实力，中央领导机关和中央红军主力军撤出中央苏区，进行战略转移。中央红军接连突破敌人三道封锁线后，从 11 月 25 日开始，由湘、桂交界的永安关、雷口关陆续进入广西灌阳。红军足迹遍及灌阳文市、水车、新圩、西山等乡镇 400 多个村屯，至 12 月 7 日，最后一支部队才离开灌阳，历时 13 天。毛泽东、周恩来、朱德、刘少奇、陈云等老一辈无产阶级革命家都曾经过灌阳并驻扎过。

红军三次过灌阳，以第三次过灌阳时与敌人的殊死战斗最为激烈，共有 6000 多名红军指战员在灌阳这片土地上献出了宝贵的生命。

灌阳，是中央红军长征进入广西的第一站，是湘江战役前卫部队三大阻击战之一的新圩阻击战的打响地，也是长征路上中国共产党践行党的少数民族政策的重要地区。

站在灌阳这片炽热的土地上，一种民族的历史厚重感和责任感在我胸中油然而生。凝望这片红色的土地，我热泪盈眶！这是我的家乡啊！这片贫瘠的土地，本来是憔悴的黄色，因为长眠了许多保家卫国的英雄，才孕育出如此深沉的褐红。

灌阳，我为你骄傲！

黄敬佳 图饰

三　铁血阻击

01

20 世纪 30 年代，中国正处于国民党统治下的半殖民地半封建社会，地方割据势力强大，蒋介石企图借消灭红军之机削弱和控制地方势力，形成一个由他独裁统治的局面。1930 年至 1934 年，蒋介石先后五次调集兵力，向红军和各个革命根据地发动大规模的“围剿”行动。

1930 年 11 月，蒋介石调集 10 万大军，采取“分进合击”的战术，对江西革命根据地展开第一次“围剿”。当时，红军只有 4 万人，双方兵力为 2.5∶1。面对强敌，毛泽东、朱德采取“诱敌深入”的战术，率领红军主力军，5 天接连打了两个胜仗，歼敌万余人，活捉敌前总指挥张辉瓒，从而使赣南、闽西根据地连成一片，发展成中央革命根据地，中央苏区从此形成。

1931 年 4 月，蒋介石调集 20 万大军，对中央苏区发动第二次“围剿”。中央红军仅有 3.5 万人，双方兵力约为 6∶1。中央红军在毛泽东、朱德的率领下，15 天内由西向东横扫 700 里，五战五胜，歼敌 3 万余人，取得了第二次反“围剿”的胜利。

1931 年 7 月至 9 月，蒋介石又调集 30 万大军对中央红军发动第三次“围剿”。当时，红军还是 3 万多人，双方兵力约为 10∶1。毛泽东、朱德继续采取“诱敌深入”的战术，避其主力，打其虚弱，从而粉碎了敌人的第三次“围剿”。

1933 年 3 月，周恩来、朱德指挥红军粉碎了敌人的第四次“围剿”。第四次反“围剿”胜利后，中央根据地进一步扩大，与闽、浙、赣根据地连成一片。5 月，中国工农红军总司令部成立，兼红一方面军总部，总司令朱德兼红一方面军司令员，总政委周恩来兼红一方面军政委。1934 年 1 月，中国工农红军总部兼第一方面军总部合并于中革军委。红一方面军称中央红军。

1933 年 9 月下旬，蒋介石调集 100 万兵力、200 多架飞机，采用“三分军事、七分政治”的方针，向各革命根据地发动了规模空前的第五次“围剿”。其中，进攻中央苏区的兵力达 50 万人，分顾祝同带领的北路军、陈济棠带领的南路军、何键带领的西路军和蒋鼎文带领的东路军，采取所谓持久作战和“堡垒主义”的战略战术，步步为营，稳扎稳打，“围剿”中央红军。

而同时，以王明为代表的“左”倾教条主义者逐渐掌握了中央大权。

1931年10月，年仅24岁的博古，连中央委员都不是，由于坚决拥护和执行王明“左”倾冒险主义，一跃成为临时中央政治局的负责人。在1932年10月上旬召开的宁都会议上，毛泽东的红军领导权被剥夺，回到后方，专做中央政府工作，他所担任的红一方面军总政委由周恩来兼任。中央苏区第五次反“围剿”行动的指挥大权掌握在中共中央临时负责人博古和共产国际派来的军事顾问德国人李德手里。

博古，原名秦邦宪，字则民，1907年出生于江苏无锡的一个书香世家。1925年，博古加入中国共产党。1926年11月他受党组织委派赴苏联学习。博古在苏联学习了4年，大大提高了马克思列宁主义理论水平，坚定了为共产主义理想献身的信念，增强了为革命事业奋斗的信心。但由于他不了解中国革命的实际情况，回国后，他把自己学到的苏联革命经验和理论生搬硬套地推广到中国革命中去，特别是在担任中共中央负责人期间，他的做法给中国革命造成了严重损失。谈起理论，他口若悬河，但在军事上，他几乎没有任何实践经验。就连作战理论，也是在莫斯科中山大学短期集训时获得的。这种纸上谈兵的短训，对指挥红军打破蒋介石几十万大军的“围剿”毫无用处。

在王明“左”倾冒险主义思想的影响下，博古、李德等人先推行“军事冒险主义”策略，后在敌人猖狂进攻前采取“拼命主义”，以“堡垒对堡垒”，最后发展为“逃跑主义”，导致中央红军第五次反“围剿”失败。

1934年10月中旬，中央红军主力从福建的长汀、宁化和江西的瑞金、于都等地出发，惜别赤都，悄然踏上了充满艰辛与危险的长征之路……

参加长征的人员主要由中央红军主力和中共中央、中华苏维埃共和国、隶属中华苏维埃共和国的中央革命军事委员会机构人员组成。中央红军下辖红一、红三、红五、红八、红九共 5 个军团，中央机构人员编成军委第一、第二纵队，共 8.6 万多人。

红三军团，军团长由彭德怀担任，政委杨尚昆，参谋长邓萍。下辖 3 个师，其中红五师由师长李天佑、政委钟赤兵、参谋长胡震、政治部主任唐天际组成部队的主要领导集体。红五师下辖第十三团、第十四团和第十五团，黄振任第十三团团长，黄冕昌任第十四团团长，白志文任第十五团团长。

红五军团，军团长董振堂，政委李卓然，参谋长刘伯承。下辖两个师，其中，红三十四师师长为陈树湘，政委为程翠林。

中共中央、中央政府、中革军委机关和直属部队编为军委两个纵队，随军行动。由红军总部和干部团组成第一纵队，代号“红安”，博古、李德、周恩来、朱德等随该纵队行动，毛泽东、张闻天、王稼祥等也在第一纵队。第二纵队由中共中央机关、中华苏维埃中央政府机关、后勤部队、卫生部门、总工会、青年团等组成，代号“红章”。

可以这么说，军委两个纵队中，走着党中央、中革军委的最高决策机构“三人团”——博古、李德、周恩来；走着随中央红军撤出苏区的几乎所有的党政军高级领导，包括毛泽东、张闻天、王稼祥等。

据美国作家哈里森·索尔兹伯里在图书《长征：前所未闻的故事》中公布的数据，1934 年 10 月 8 日红军的实际人数为 86 859 人①。其中，红一军团 19 880 人，红三军团 17 805 人，红五军团 12 168 人，红八军团

① 下文各军团、纵队人数相加总和为 86 861 人，与此处总数略有出入。均系引自原文。

10 922 人，红九军团 11 538 人，军委第一纵队 4695 人，军委第二纵队 9853 人。

哈里森·索尔兹伯里这样描写当时的情况："红军里还有 5000 余名挑夫，这支庞大的队伍，身着灰色军衣，缀着红领章，戴着红五星小八角帽，背着斗笠，穿着草鞋，推着中共中央和中央政府直属兵工厂制造枪弹的机床、出版报纸刊物的印刷机、医院的 X 光机、印钞机等笨重的机器，扛着成捆成包的图书文件、桌椅板凳，挑着整担整担的苏区钞票，甚至还挑着红军病房里的尿盆、屎盆、脸盆……铁流滚滚，人马浩荡，步履艰难地行走在崇山峻岭之间，踏上新的征程。"

"雩都[①]河畔，成千上万的男女老少脸上一片愁容，手里提着鸡蛋、糯米团等食品，以及草鞋、布鞋、雨伞之类的东西，矗立在渡口边，暗地里流着泪，为他们送行。一些被安排在老乡家里治疗的重伤员和重病号也跑出来了，步履艰难地行走在人群中，寻找自己熟悉的战友，依依话别……"

时任红三十四师一〇〇团团长的韩伟回忆当时的情景："记得我们团经过雩都城南时，路旁边堆放着很多裁好未缝制的上衣和裤子的布料。上级规定，要我们每人自取两件带上，并说，先过去的部队都是这样。当时，拥挤在沿途村庄、路口的苏区人民，看到红军'搬家'，许多人脸上挂着愁容，甚至有的流着眼泪。不少老表紧紧地拉着红军指战员的手，无限深情地说：'你们一定要回来啊！'我们许多干部、战士，也不停地擦泪水。那种依依难舍的军民离别之情，萦绕在每个人的心头。可是，当时谁也不知道这就是撤离苏区啊！"

① 县名，1957 年改为"于都"。本书除引文原文外，统一称"于都"。

时任中央教导师特派员的裴周玉回忆：“当天下午 6 点从高围出发，经麻地、宽田，第二天上午 10 点才到达洛口，16 个小时，行程 50 华里。”

聂荣臻是这样记述当时的情景的：“过于都河，正当夕阳西下，我像许多红军指战员一样，心情非常激动，不断地回头，凝望中央根据地的山山水水，告别在河边送别的战友和乡亲们。这是我战斗了两年十个月的地方，亲眼看到中央根据地人民为中国革命做出了重大的牺牲和贡献，他们向红军输送了大批优秀儿女，红军战士大多来自江西和福建，根据地人民给了红军最大限度的物质上和精神上的鼓励和支持。”

开启长征的渡河口——于都南门渡口　李亚滨 提供

毛泽东后来评价说，这样的行动“就像大搬家”。埃德加·斯诺则称之为“行进中的国家”。

红军大部队这一走，谁也没有想到，竟然走了二万五千里。后来所说的“二万五千里长征”，即从福建最远的地方开始，一直到陕西西北道路的尽头为止，其间迂回曲折，进进退退，红军所走过的路程肯定比二万五千里还要长。而且，红军走的路大多数是车辆无法通行的，还越过了许多高山和大的河流，从开始到结束就是一场旷日持久的战斗。毛泽东写了《七律·长征》来形容：

红军不怕远征难，
万水千山只等闲。
五岭逶迤腾细浪，
乌蒙磅礴走泥丸。
金沙水拍云崖暖，
大渡桥横铁索寒。
更喜岷山千里雪，
三军过后尽开颜。

02

红军长征开始不久，即 1934 年 11 月上旬，敌人判断出红军是遵循红六军团西征的老路，由湖南道县进入广西灌阳，在全州、兴安间渡过湘江，往湘西方向去。

蒋介石调集中央军、桂军、湘军和粤军的约 26 个师近 30 万大军，精心布置了四道封锁线，任命湖南军阀何键为“追剿军”总司令，粤军、桂军“协力堵剿”，对红军进行围追堵截。

红军英勇善战，不怕牺牲，连续作战，胜利突破了蒋介石设置的第一、第二、第三道封锁线。

在红军开始突破国民党军的第二道封锁线时，蒋介石已判明红军突围的战略意图，利用湘江这一天然的屏障，精心设置了第四道封锁线，企图依托从全州至兴安长达60多公里的湘江天险，在灌阳、全州、兴安布置“铁三角”口袋阵，围歼中央红军于湘江以东地区。

湘江天险，紧紧扼住了湘桂走廊中几乎所有连接中原、西南的咽喉要道，历来是兵家必争之地。灌阳的新圩、全州的脚山铺、兴安的光华铺正好形成一个三角形，而新圩、脚山铺、光华铺就是这个三角形的角尖。这三个角尖形成红军的三个阻击点：新圩，阻击从恭城一线回师灌阳的桂军主力；脚山铺，阻击从全州沿着湘桂公路南下界首的湘军；光华铺，阻击从桂林经兴安沿桂黄公路北上界首的桂军。这三个角，只要有一个角被突破，从界首抢渡湘江的军委两个纵队和从界首、凤凰嘴、大坪、屏山抢渡的后续部队，将可能被全部消灭。这三大阻击点连成的阻击线，被称为中央红军的生命线。

然而，国民党内部各派军阀之间矛盾重重，尤以桂系军阀与蒋介石矛盾颇深，在“围剿”长征红军的问题上，各自打起了自己的如意算盘。蒋介石一面命令桂军封锁湘江，一面派兵尾追红军入桂，想趁桂军与红军两败俱伤时坐收渔利。桂系军阀既害怕红军进入广西建立根据地，把广西变成共产党的天下，又害怕蒋介石对自己下黑手。于是，在红军入桂以前，桂系头目李宗仁、白崇禧、黄旭初在南宁召开各级干部会议，制订出“两全其美”的方针：既防共，也防蒋。

随后，湘、桂军召开全州会议，制订了“协力堵剿”计划，由桂军负责防守灌阳、全州、兴安至黄沙河一线，湘军负责防守衡阳、零陵、东安至黄沙河一线。

防区划分后，桂系军阀在桂林召开会议，决定以第十五军为左翼，布防清水关、高木关、永安关和雷口关，主力集结于灌阳、全州、兴安一带；以第七军为右翼，布防贺县（今贺州市八步区）、富川、恭城一带。

桂军在桂北一带调集民团征派民工赶筑工事，制造出一派决战态势，应付蒋介石，也警告红军不要轻易前来。

1934 年 11 月 20 日，红军向道县迈进，进入广西已是势在必行。桂军感到如果再不采取措施，必将面临与红军决战的危险。于是，11 月 22 日，桂军以李宗仁的名义向蒋介石发出电报，诡称“匪主力由临武分经嘉禾、蓝山西窜，龙虎关、富川、贺县同时吃紧”，请求将主力南移策应。

蒋介石信以为真，复电同意。

11 月 22 日下午，白崇禧突然下达命令，将原布于灌阳、全州、兴安三县的桂军主力撤向灌阳往南约 100 公里的恭城方向。蒋介石万万没有想到，他设置的“铁三角口袋阵”竟然悄悄地向红军开放了一条通道。直到 11 月 27 日，从全州以南到兴安的长达 60 多公里的湘江防线已无兵力防守。

如果红军抓住这一有利时机，抓紧时间在一两天内过江，完全可以先敌到达湘江，并且抢先渡过湘江，不会有太大的损失。

时任红一军团政委的聂荣臻说：“但我们丧失了这个宝贵的时机，直到 11 月 25 日军委才发布命令，我军兵分两路渡江，这时的湘江就很难渡了。”

03

1934年11月25日，党中央与红军总政治部发布关于进行新的战役，突破敌人第四道封锁线的政治动员令：

（一）我野战军即将进行新的、最复杂的战役，要在敌优势兵力及其部分的完成其阻我西渡的部署条件下，来突破敌人之第四道封锁线并渡过湘江。此战役须经过粮食较缺乏之二个大岭脉，并要克服二条河道与开阔地带及部分的敌人堡垒，野战军应粉碎前进路上敌人之抵抗与击溃向我翼侧进攻及尾追之敌，任务是复杂与艰巨的。由于敌我部队质量之悬殊，我工农红军之顽强坚决、忍苦耐劳，可断（定）胜利是属于我们的。

（二）为着胜利的进行这次战役，要求野战军全部人员最英勇坚决而不顾一切的行动。进攻部队应最坚决果断的粉碎前进路上一切抵抗，并征服一切天然的和敌人设置的障碍；掩护部队应不顾一切阻止及部分的扑灭尾追之敌；各兵团应不断的注意自己翼侧之安全，如敌人向我翼侧进攻时，应机断专行的坚决击溃之，同时不应离开自己的前进道路。

（三）对每一个指战员，要求明确的执行放在前面情况（的）战斗任务，与友军切实的协同动作，不间断的进行各种侦察警戒，并应遵守一切战术规定，以避免不必要的损失。指挥员应牢记：争取战斗的胜利，不仅依靠个人之勇敢，而首先是在正确的指挥部队。

（四）政治工作人员应以不疲倦的政治宣传与鼓动及个人的模范，克服战斗员中之疲倦落伍与各种动摇，应与指挥员一起征服为完成胜利任务上之一切客观困难，并最高限度地提高全体红色军人的战斗精神、顽强抗战及其坚决性。我野战军的基本口号应该是不仅要安全不受敌人损害通过封锁线，且须击溃及消灭所遇之敌军。

（五）当前战役的胜利完成，是将决定着我们突破敌人最后的封锁线，创造新的大块苏区，协同其他红军部队（二、六军团，四方面军），一致进行全线的总反攻与彻底粉碎敌人五次“围剿”。

（六）本政治命令随军委廿五日十七时作战命令同下，下达团及梯队首长为止。军团、师、团政治部（处）应据此进行加强的政治工作，但不应下达提出作战任务。

关系到红军生死存亡的湘江战役就此拉开了序幕。

25日17时，情势十万火急，野战军司令部又发出作战命令。为达到前出至全州、兴安西北之黄山地域的目的，应该：

A. 我进攻部队（一军团主力及三、八军团）应迅速连续的占领营山山脉之各关口隘路，并于全州、兴安之间渡过湘河。在此种决心下，应迅速坚决消灭敌之第一、第二路军及与我接触之桂军部队。

B. 掩护部队（一军团一个师及五、九军团）应连续于潇水及营山诸隘口阻止敌第三、第四、第五路军前进，当其急进时，则应坚决消灭其先头部队。

作战命令指出，作战的第一步是前出到湘江地域。在这个阶段中，野战军分四个纵队前进：

A. 一军团主力为第一纵队，沿道州、蒋家岭、文市向全州以南前进。

B. 一军团一个师、军委一纵队及五军团（缺一个师）为第二纵队，经雷口关或永安关及文市以南前进，以后则依侦察结果决定前进路线。

C. 三军团、军委二纵队及五军团一个师为第三纵队，经小坪、邓家源向灌阳山道前进，相机占领该域，以后则向兴安前进。

D. 八、九军团为第四纵队，经永明[①]（如不能占领永明，则从北绕过之）、三峰山向灌阳、兴安县道前进。

在朦胧的夜色下，中央红军以红一军团为右翼，红三军团为左翼，以急行军的速度分别由永安关、雷口关进入广西灌阳文市、水车，其余部队相继跟进，迅速向湘江岸边挺进。

26日下午3时，朱德签署红一、红三军团行动指示："邓家源至灌阳山道不能通过。我三军团应即由小坪改道，经永安关、雷口关至文市以南之车头、兴家桥[②]、水车地域，转向灌阳侦察道路及敌情，以争取时机。"

红军各纵队的态势：第一纵队进入灌阳文市王道村、玉溪村地域；第二纵队进入灌阳文市以南之阵北、水车地域；第三纵队在邓家源因山道不通受阻后改道由雷口关入桂，主力到达灌阳水车地域；第四纵队最为被动，仍在都庞岭以东向南，离主力前进路线越来越远。其中，红八军团攻占永明，红九军团主力在江华的石桥、江渡一带。

沿途，部队看到在文市村落农舍的山墙、后墙、板壁、戏台以及风雨桥的柱子上，都还保留着许多之前红军写下的标语。

此时，如果红军立即放弃四路入桂计划，收缩红八、红九军团，将四路纵队改为左右两路，精简辎重，急速从雷口关、永安关入桂，直抵湘江，而由红一军团挡住从黄沙河南进到全州城的湘军，守住全州以北至

---

① 地名，今湖南省江永县。

② 地名，应为"宾家桥"。

红三军团指挥部——水车乡宾家桥村“九如堂” 蒋仁润 摄

永安关（上图） 蒋仁润 摄

雷口关（下图） 蒋仁润 摄

兴安段的湘江渡点，主力红军就可在一两天内过江完毕，不会遭受太大的损失。

红军没有丢弃辎重，仍然按照四路入桂计划，艰难地行进。26日，军委第一纵队从永安关进入灌阳的桂岩村一带。

两翼先头部队进入灌阳以后，分别在文市、吉田、宾家桥、水车等地架设浮桥，随之渡过灌江，向湘江和灌阳县城进发。其中红五师十三团在苏江、泡江一带布防，警戒灌阳县城之敌。

文市，广西灌阳县的一个小镇，东与湖南道县交界，西北与全州县接壤，南与水车、新圩相邻。东有高木关、永安关，是广西与湖南分界的关口，人们来往必经要道。

此时，中央红军近三分之二的部队还在湖南，尚未入关。红一军团第一师主力、红三军团第六师与后卫红五军团2个师在道县的潇水西岸阻扼敌军周浑元部；红八、红九军团3个师在永明攻击三峰山受阻；在湘桂交界处阻扼追敌，接应红八、红九军团入关。

红军进入广西，桂军因惧怕国民党中央军以尾追红军为名，趁机进军广西，于是，由夏威率领两个师左右的兵力从龙虎关周边返回灌阳截击红军，同时也防止国民党中央军入桂。

04

1934年11月27日上午9时，正当军委第一纵队从永安关行进到灌阳县文市镇玉溪村，红军就地休息一会儿时，从雷口关进至灌阳水车乡地域的红三军团发来了一封“万万火急”的军情电报。急电是由红三军团军团长彭德怀和政委杨尚昆签署的。

朱德从机要员手中接过电文，一看，电报是指名专发给他的：

万万火急

朱主席：

（一）灌阳敌情不明。廿七日动作。

（二）本日午前完成伍家湾及水车二道浮桥。

（三）以第十三团附迫炮连取泡江、长塘坪进逼灌阳，侦察和相机占领之。五师主力待水车桥成后经大塘到猫儿园[①]，派出侦察于马渡桥并占领之。

（四）第四师进占新圩，侦察兴安、白沙铺之线的西进道路及敌情。第六师及军团部本日到甘屋、历乐村、水车，后方勤务部进到兴家桥。适当否？望立复。

（五）炮兵此刻还未到齐。昨晚落伍的很多。

彭、杨

廿七日九时

两个小时以后，上午11时，朱德又收到了彭德怀、杨尚昆发来的电报，这份电报的收报人增加了红一军团军团长林彪、政委聂荣臻。

① 地名，应为“猫儿源”。

电文如下：

万万火急

朱主席，林、聂：

甲，第四师报称，全州有敌一团，兴安有敌一师，灌阳有敌两团，平乐、桂林之敌不明。据五师报告，泡江一团，扼险防守。军团昨获四十四师侦探供，黄牛圩敌情尚不明。群众说，永安关之敌退守灌城。根据以上情况，灌城有敌两团以上。

乙，为巩固野战军西进两翼安全及确实了解敌情：

（甲）决以第五师主力进占新圩以南，并确实占领马渡桥，并巩固该地和迫城侦察。

（乙）已以十三团附迫炮一连消灭或驱逐泡江之敌占领之，并巩固该地。

（丙）第四师仍在车头、瑶上地域，准备一军团主力打击全州可能南进之敌及参加打击灌阳北进之敌。

（丁）第六师（缺一团）集结水车，准备明廿八日晨接替十三团任务，该团即归还主力。

（戊）军团司令部仍在兴家桥，居民叫丁家桥。

彭、杨

廿七日十一时

电文的目的非常明确，那就是为了巩固野战军西进两翼安全及确实了解敌情。其中，“决以第五师主力进占新圩以南，并确实占领马渡桥，并巩固该地和追城侦察”是其重要部署。

显然，彭德怀和杨尚昆认为红三军团的重要任务是阻击由恭城、灌阳北进而来的桂军主力，让红三军团的一个主力师到灌阳县城西北面的新圩、马渡桥扼住桂军北进之路。这个主力师就是师长李天佑、政委钟赤兵率领的红五师两个团。

红五师急行军至水车灌江西岸的修睦村，就地休息半日后，正准备行进，译电员跑了过来，报告道：“师长，师长，急电！”并递给李天佑一份电报。

急电是军团部发来的，命令红五师第十四团、第十五团（第十三团归军团直接指挥）并附军委炮兵营立即行动，快速赶赴新圩至马渡桥一带布防，阻击桂军，以保证整个野战军的左翼安全，掩护中央机关纵队抢渡湘江。

电文的语句像钢铁铸成一般在李天佑耳畔响起：“不惜一切代价，全力坚持三天至四天！”

这次红五师要阻击的是国民党军队中最有战斗力的李宗仁、白崇禧统领的桂系部队主力，以红军现有的 2 个团的兵力来对付桂军的 7 个团，任务十分艰巨：一是人数、兵力悬殊；二是桂军对地形熟悉，还常采用游击战术，以小股兵力袭击我军阵地，我军每前进一步都要经过激烈的战斗。而且，红军部队经过一个多月的长途行军，部队减员很大，极度疲劳，在这样的情况下，坚持两三天是有把握的，四天困难就极大了。

但战士们并没有被桂军吓倒，参战的情绪积极高涨，让红五师师长李天佑和政委钟赤兵充满了信心。

钟赤兵满怀信心地对李天佑说："为了打击敌人，为了党和兄弟部队的安全，我相信战士们会创造奇迹出来的！"

参谋长胡震紧握拳头："让他们来吧，只要有一个人，就不让他们到新圩！"

"必须坚决阻击，不让敌人向北推进一步！"李天佑对大家说。

新圩地理位置非常重要。它南距灌阳县城 15 公里，北距红军行军路线必经的大桥村只有 5 公里，是灌阳县城通往全州公路的必经之地。从新圩往北至大桥村，一直到湘江岸边，一马平川，无险可守。如果敌人从灌阳北上新圩，占领古岭头，向东北则可直取水车、文市，堵住湘桂边界的永安关、雷口关；向西北则可直捣全州石塘至湘江西岸的各个渡口，对军委纵队和后续部队强渡湘江构成巨大的威胁，整个中央红军西进的队伍将有被拦腰斩断的危险。

军委之所以把炮兵营调到这里来协助防守新圩，理由也就在此。

电报是军团长彭德怀和政委杨尚昆签署的。为什么他们要把在新圩阻击桂军的重大任务交给李天佑和钟赤兵呢?

1914 年 1 月 8 日，李天佑在临桂县（今桂林市临桂区）六塘圩高陂寨出生。自幼聪明的李天佑因家境贫寒，只读过两年私塾。1928 年夏，北伐名将李明瑞在桂林招兵买马，不满 15 岁的李天佑报名投军，当上了一名勤务兵。1929 年，李天佑进入广西省政府南宁教导总队学习，同年 10 月秘密加入中国共产党，11 月任特务连排长，12 月参加百色起义后，任新成立的红七军特务连副连长。李天佑作战十分勇敢，1931 年 1 月，他所在的特务连作为红七军的先锋，在永安关击溃了扼守关口的国民党湘军一个排和地方民团武装，为主力进军湘南开辟胜利之路。由此，他在红军中有了“小老虎连长”之称。1933 年 1 月，年仅 19 岁的李天佑任红七军第五十八团团长。1933 年 5 月，李天佑任红三军团第五师第十三团团长，随军团主力组成的东方军入闽征战，战无不胜，成为彭德怀非常赏识的一名指战员。1933 年 9 月 18 日，十三团对战国民党军第三六六团及第七十八师 1 个营、第五十二师 1 个营共 5 个营，在闽北沙县芹山一战中大捷，毙伤敌人 200 余人，俘虏近千人，创造了红军以一个团兵力在运动战中消灭敌人一个团的傲人战绩。第三六六团号称国民党第十九路军中最有战斗力、从未打过败仗的“铁军”。 十三团被授予“英雄模范团”的光荣称号，李天佑获三等红星奖章。1934 年 1 月，年仅 20 岁的李天佑担任第五师师长。

1934 年 8 月 14 日的万年亭战斗，红三军团第五师十五团和十四团各以一部分兵力，经过顽强抗敌，终于打退了敌人的进攻，保住了阵地，但也付出了惨重代价，第五师政委陈阿金牺牲。不满 20 岁的钟赤兵接任第五师政治委员，成为李天佑的新搭档。

钟赤兵，湖南人，彭德怀的老乡，1930 年参加中国工农红军，是从红三军团成长起来的年轻优秀指挥官，曾先后担任红三军团第三师宣传员、连政治委员、师军需处政治委员，第四师十二团政治处主任、政治委员，第五师政治部主任等职务。他随彭德怀参加过两次攻打长沙的战斗和中央苏区的历次反“围剿”作战，获得三等红星奖章。1935 年的娄山关之战，钟赤兵右腿受伤，先后三次被截肢，成为中华人民共和国成立后唯一单

钟赤兵长征到陕北后的一张留影 钟安屏 提供

李天佑与战友钟赤兵（右）在东北重逢时的合影　李亚滨 提供

腿走完长征路的开国中将。钟赤兵的勇敢感动了毛泽东。在看望钟赤兵时，毛泽东调侃说："我们应该在娄山关立个石碑，写上'钟赤兵在此失腿一只'。"

李天佑和钟赤兵的英勇善战，深受彭德怀的赏识，这次委以重任，足见军团长对两人的信任。

对于军人来说，命令就是天职，时间就是生命，就是胜利的保证！只有经历过战争的人才会对这句话有深刻的理解。

在路边，师长李天佑、政委钟赤兵、参谋长胡震、政治部主任唐天际迅速拿出地图，快速找到军委和军团首长要求阻击的准确位置。

李天佑脸上出现一丝忧虑，因为红五师的先头部队已经向西走过新圩一定的距离，要进入阻击的位置，必须向左掉头面向西南，在新圩停止前进，如何快速地将命令传到队伍的最前面就成了难题。

忽然，李天佑站起来，走到队伍的中间，叫住最后一个连的最后一名战士，大声说："向前传我的命令，部队前锋原地停止，就地构筑工事！"

李天佑的命令从最后一个战士，一个一个地往前面传。很快，李天佑的命令便传到了前卫第十五团团长白志文那里。

在师长李天佑、政委钟赤兵的带领下，红五师第十四团、第十五团及军委炮兵营组成的队伍向新圩急速行军。

1934 年 11 月 27 日下午 4 时，红五师先头部队终于抢在敌人的前面，赶到新圩预定的阻击阵地，并派出少数兵力沿着公路向马渡桥方向警戒推进。

据 1957 年李天佑所撰写的文章《把敌人挡在湘水面前》回忆："下午 4 点多钟，我们赶到了预定的地点……派出了侦察、警戒以后，我和师政治委员钟赤兵同志、参谋长胡震同志及两个团的指挥员、政治委员来到原定阵地上。”

根据敌我态势及地形条件，李天佑立即进行了军事布置：全师阻击部署在从新圩至排埠江村长达 8 公里的道路两侧的山头上。这里，公路两侧是连绵不绝的丘陵山地，满山的松树、茶树，灌木丛生，是部队隐蔽的最好场所，构成阻击战的理想阵地。

李天佑指示：以公路为界，分成左右两翼。以白志文团长为首的第十五团作为左翼，占据钟山、打锣山、坦复、定复一线；以黄冕昌团长为首的第十四团作为右翼，占据霞上坪、判官山、打矿山、马鞍山一线；军

中国工农红军第三军团第五师指挥所　童智 摄

委“红星”炮兵营配置在第十五团左后侧的瑞子坪。以枫树脚附近的钟山、水口山、古干至月亮包一线为前沿阵地第一道阻击线。

师指挥所设在离第一道阻击阵地约 1 公里的杨柳井村公路右侧几间低矮的民房里。

位于全灌公路右侧的杨柳井村，因村口一棵百年的大杨柳树下有一口四季不竭的小水井而得名。

2007 年，距离湘江战役 73 年的一天，李天佑的儿子李亚滨找到了父亲当年作战的师部指挥所。时隔多年，这里的民房早已破烂不堪，但里面还住着 87 岁的老人何小妹一家。

李亚滨与何小妹　李亚滨 提供

红军时期的李天佑　李亚滨 提供

湘江战役时，何小妹才 14 岁，当年貌美的小姑娘如今已是白发苍苍的老人了。当李亚滨提起当年的红军时，何小妹记忆的闸门打开了。她说：“当时，我第一次打开门见到屋外满地坐着穿灰色衣服的人，我吓得连忙躲进了屋里。慢慢地，我们知道这些是红军，是我们自己人。我们知道红军好，都把房子让出来给红军，给他们烧水煮饭。我老伴还跟很多乡亲一起，用水桶挑水送饭到战壕里去。”

当李亚滨谈到红军伤亡的时候，何小妹不禁老泪纵横。她说：“山坡上、战壕里到处都是尸体，有很多都是 20 来岁的年轻人。由于尸体太多，乡亲们只能直接把土推下来，把牺牲的人掩埋在一起。”

当何小妹听说来访的人正是当年指挥这场战斗的李天佑的儿子时，她无比激动，已经双目失明的她禁不住伸出双手抚摸李亚滨的脸庞。何小妹

新圩阻击战主战场——枫树脚　灌阳县民政局 提供

住的那间房子就是红五师的师部指挥所。

红军战地救护所则设在新圩镇和睦村下立湾屯的蒋氏祠堂里。蒋氏祠堂前的一汪池水清澈而宁静，然而，蒋氏祠堂并不平静，每天都要送来许多的红军伤员。

桂军的指挥部设在灌阳县城。这时，桂军第十五军第四十四师师长王赞斌和第七军第二十四师师长覃连芳率领的部队，另加桂七军独立团，共1万余人已占领马渡桥，正派出一个侦察连向北推进。

在新圩板桥铺，红五师与桂军侦察连相遇，发生了激烈交锋。红军主动出击，战不多时，桂军难以招架，被击溃了。

桂军慌忙后退，我军向南乘胜追击桂军至枫树脚，并抢占了附近的钟山、水口山和月亮包，在此加紧构筑工事。

05

1934年11月28日，新圩阻击战的第一天。

清晨，桂北的初冬已是寒风凛冽，寒气袭人。枫树脚，激烈的战斗打响。敌人以第四十四师为前锋，向红五师前沿阵地发起了猛攻。

敌人的排炮向两边的山岭猛烈轰击，炮弹炸开了蘑菇云，顿时，阵地上尘土飞扬，浓烟蔽空。

在重机枪的掩护下，桂军从阵地里冲出来，向红军发起了冲锋。

红五师指挥所距离前沿阵地不到3里路，李天佑在望远镜里将一切看得清清楚楚，他深知，敌人武器精良、兵力强大，敌我力量严重失衡，必须采取诱敌深入、予以近距离打击的战术才能取胜。

红军阵地上突然一片寂静。桂军以为红军被炮火轰击到最后剩余的力量不多了，就以整营整连进攻，步步逼近红军。

然而，桂军万万没有想到这是红军的反攻之计。当桂军行至距红军阵地二三十米时，红军雨点般的手榴弹突然从天而降，“嗒嗒嗒”的机枪声密集响起，瞄准敌人猛烈扫射，迫击炮炮弹也随之而来，敌人被打得措手不及，溃败下来。新圩阻击战首战告捷。

然而，战事并不宁静，桂军再一次发起攻击。激烈的战斗再次打响，红军紧紧地锁住山谷中间的道路，一次又一次地有效阻击敌人的进攻，让敌人寸步难行。

桂军部队受到红军阻击，白崇禧连夜赶到恭城，责问带队的第十五军代军长夏威。

红军英勇善战，让夏威恐慌起来。

白崇禧这才醒悟，李天佑的红五师不少官兵原是百色起义时邓小平、张云逸、李明瑞带出广西的，要想在短时间内消灭他们是不可能的。

狡猾的白崇禧再次发来命令：“……轮番冲锋，同时以大兵力迂回侧后，进行夹击，使共军首尾不能相顾……迅速前出至文市、古岭头一线。”

下午4时，桂军正面进攻受挫，改为部分兵力沿着红军左侧的瘦马岐迂回到钟山、水口山一带，对红军前沿阵地前后夹击。

这时，红十五团前后受敌，处境十分危急。红军反复冲杀，打击敌人。手榴弹炸完了，子弹也打没了，就用石头砸，最后与敌人进行肉搏战。

新圩镇龙桥村村民黄玉修目睹了这场战斗，1983年4月20日，灌阳县党史办原主任刘继元采访他时，他回忆道：“红军在枫树脚水口山与桂军打了一天。上午，一个红军急急忙忙跑到黄百街（红五师临时指挥所）门口报告，说水口山可能守不住了，他们一个班牺牲了 7 个，只有 3 个人了。红军领导说，不能撤，要死守。于是，从这里派了两个班的人上去补充。到了下午，红军才开始从水口山撤退。”

钟山的战斗则更为惨烈，一个排的红军战斗到最后只剩下一名战士了。

据李天佑回忆：“从敌人溃退的情况来看，我们给敌人的杀伤是不小的。但是，因为我们没有工事，在敌人的炮火和机枪扫射下，我们也付出了相当的代价。”

新圩阻击战战地救护所　童智 摄

红十四团的连指导员何诚多年以后在《阻击在湘江之滨》一文中回忆这场惊心动魄的战斗时，他沉重地说："战斗已经进行一天了，我们的阵地到处都被敌人打得稀巴烂，第一道工事连影子也没有了，山上的松树只剩下了枝干。谁也记不清已经打退了敌人多少次进攻，大家记得最清楚的是黄冕昌团长对我们的指示：我们的背后就是湘江，我们这座小山，是全团的前哨阵地，我们要坚决守住它，保证中央纵队顺利渡过湘江。"

夜幕降临，敌人的进攻终于短暂平息。

当晚，红军被迫后撤，在夜色的掩护下，退至杨柳井村两侧的高地平头岭和尖背岭一线，连夜赶筑工事，准备第二天进行新的一轮战斗。

06

11 月 29 日，新圩阻击战第二天，桂军发动了更大规模的进攻，战斗更为激烈。

平头岭和尖背岭是公路两侧的最高峰，是战斗的制高点，谁占领了这两个山头，谁就会取得这场战斗的主动权。

红十五团防守道路左侧的平头岭，红十四团防守道路右侧的尖背岭。

拂晓，敌人在机枪、炮火的掩护下，开始向平头岭和尖背岭发起猛烈进攻。接着，空军一队的 6 架敌机从柳州机场飞赴新圩上空，对着红军的阵地狂轰滥炸。

顿时，阵地浓烟滚滚，疮痍满目，天地之间混沌一片。

一阵炮火之后，敌人又源源不断地增加兵力，由班排进攻改为整连整

杨柳井公路两侧之高地　蒋仁润 摄

营地进攻。战术也由正面进攻改为正面和两侧迂回进攻，轮番发起了不间断的攻击。

黑压压的桂军，就像黑蚂蚁一样倾巢而出，漫山遍野地向红军阵地一步一步逼近，一点一点地蚕食着红军的防线，阵地上红军伤亡的人员越来越多。

面对兵力强大的敌人，英勇的红军战士毫无畏惧，坚强地击退了敌人一次又一次进攻。

红军的弹药打得快没有了，他们伸出刺刀，举起石块，冲向敌人，勇敢地搏斗起来。

白志文（左五）1937年在陕北留影　白玉平 提供

敌人冲上左翼阵地，团长白志文红了眼，拿起4枚手榴弹，还没来得及拉线，胸膛一震，一颗子弹从他的左肩穿出，左肺被击穿，两根肋骨被打断，血流不止。

红军伤亡越来越大。由于敌人武器装备精良，且兵力是我军的数倍，因此我军阵地上的几个小山头相继失守，有的山头弹尽粮绝，红军战士全部壮烈牺牲。

红十四团的连指导员何诚后来回忆说："虽然如此，敌人仍没有得到便宜，从拂晓到中午十二时，十多次进攻全被我们打垮了。"

一队队的伤员从李天佑的身边被抬到后方去，激战到中午，指挥所的电话响起，红十四团报告：团政委负伤。红十五团参谋长何德全也向李天佑打来电话：团长白志文、政委罗元发都已负伤，3个营长中有两人牺牲，全团伤亡500余人，被迫撤至第二道防线。

尽管牺牲了这么多战士，红军还是在顽强地战斗着。

由于红十五团团长、政委都已负伤，李天佑命令参谋长胡震赶去红十五团，组织他们继续战斗，要求他们顶住，在黄昏以前，一个阵地也不能丢。

参谋长胡震带领通信员立即赶赴红十五团阵地，指挥战斗。

可是，时间未过多久，何德全又向指挥所李天佑打来了电话，说胡震在组织部队反击时，不幸中弹身亡。

原来，平头岭落入敌手，胡震组织部队反击，与敌人展开肉搏战时，被一个已被刺倒在地的敌军军官打中了后心。

听到胡震参谋长牺牲的消息，李天佑握住电话愣了半天，他的脑海里响起胡震那响亮的话："只要有一个人，就不让他们到新圩！"他几乎不敢相信这是真实的，他永远地失去了一位可亲可爱的战友。后来，李天佑撰文回忆道：

"我手捏着电话机愣了好大一会，我几乎不能相信这是真的。才这么短的时间，他就牺牲了。胡震同志到这师里还不久，但我们相识却很久了。早在瑞金红校学习时，我们就在一起。他年轻、勇敢，指挥上也有一套办法。但是，永远不能再见到他了。

"我硬压住自己痛苦的心情，把这个不幸的消息告诉钟政委，也告诉了黄团长。接着，向他（黄团长）谈了中央纵队渡江的情况，并严肃地交代他：‘无论如何不能后退。’”

午后，红军的伤亡越来越多，第二道工事被敌人的炮火摧垮以后，为了保存有生力量，经上级批准，红军主动撤到山顶上的最后一道工事里。穿着一身褪了色的军装、脚踩一双草鞋的红十四团团长黄冕昌，腰上挎着个搪瓷缸，冒着敌人的炮火来到阵地，见到指导员何诚，第一句话就关切地问道："同志们现在怎么样啦？情绪都好吗？"

"全连只剩下 60 多人了，还有 10 多个伤员。但大家情绪还蛮高，都有决心守住阵地！"何诚回答道。

黄冕昌扫视了整个阵地，严肃地说："现在离黄昏还有 5 个多小时，后续部队能不能渡过湘江，就取决于你们能不能守住最后一道工事了！"

"我们一定坚决守住！"何诚响亮地回答。

何诚了解黄冕昌，他是广西人，贫农出身，打起仗来总是到最前面指挥，战士们一见到他就有了信心。

这时，一个通信员提着一个米袋跑了过来，向何诚报告："指导员，我捡到一袋炒米，你把它吃了吧！你已经两天没有吃饭了！"

"你把它送给团长和战士们吃吧，我不饿！"何诚回答。

一会儿，通信员又跑了回来，嘴里嘟哝着："团长也不肯吃，他说他不饿，战士们还要坚持战斗，给战士们吃。"

何诚连忙叫住通信员，叫他把炒米分给大家，每人吃一口。

刚吃完炒米不久，敌人又开始逼近了，这次敌人来了 1000 多人。在黄冕昌的指挥下，两个机枪班向敌人侧后迂回过去，何诚带着其他红军战士静静地伏在工事里。

敌人见红军一枪不放，便一个劲儿地朝着山上攀爬。当敌人爬到离红军二三十米时，突然，何诚一声令下，一排手榴弹飞进敌群中炸开了。

敌人顿时乱成一团，接着，红军的轻、重机枪不断地扫射。这时，两个机枪班已经迂回到敌人的侧后方，此时配合主力，用机枪不停地扫射，敌人最终败退下去。经过这场战斗，出击的两个班只回来了 12 人，其余的战士包括带队连长都牺牲了。

黄冕昌要求何诚组织部队搜集敌人留下的弹药，准备再战。说完又匆匆赶到最前面的工事去了。

当黄冕昌走到轻机枪的阵地时，突然，一颗子弹打在了他的大腿上，顿时，鲜血浸湿他的裤腿。

卫生员赶了过来，对黄冕昌的伤口进行包扎，大家劝黄冕昌回团部去，并向他保证："我们一定能够完成任务。人在阵地在，请团长放心！"

"不！我不要紧！我在这里便于指挥，也好和友邻部队联系。现在情况紧急，不要谈别的，我们赶快来研究一下战斗部署吧！"

黄冕昌判断，敌人从正面冲不上来，而左侧有友军红十五团的火力支援，唯有右侧可能成为攻击的重点。

黄冕昌命令把大部分轻重武器立即调到右侧，左侧留一个排带两个班在那里守着。

果然不出黄冕昌所料，下午 5 时左右，桂军 2000 多人从右侧冲上来。刚翻过一个小山坡就遭到红军火力封锁，始终难行半步。

这时，狡猾的敌人又从左侧冲了上来。

黄冕昌命令何诚带着部队向右侧敌人打反冲锋，又抽出部分兵力去支援左侧。打击右侧敌人的战士因寡不敌众，只得退进工事坚守起来。左侧的战士因为得到了右侧兵力的支援，在排长钟彬的带领下，很快就打垮了敌人。

然而，就在这时，站在前排的黄冕昌却倒在了血泊里。“团长，团长……”何诚拼命地喊着。“团长，团长……”围在身边的战士们都难过地哭了。

黄冕昌没有回答，他永远也回答不了了。他停止了呼吸，但他的血却流进了桂北大山的沃土中。

多年以后，何诚痛苦地回忆道：

“团长躺在血泊里，战士们围在他的身边，像要把他唤醒一样地呼叫着，可是他已经停止了呼吸。同志们都哭了，我也禁不住流下泪来。正在这时，敌人又冲上来了，我一面派几个战士把团长的遗体运走，一面带领大家向敌人发起了反击。战士们一句话也没有讲，端着刺刀冲进敌群就猛挑起来，不一会儿工夫，敌人又被打垮了。战士们刚要追下山去，营部发出了撤退的信号，它表明我们已经光荣地完成了阻击任务！我们强抑着心中的怒火，停止了追击，怀着对团长和战友们的悼念，怀着对敌人的无比仇恨，又走上了新的征途！”

李天佑刚刚回到新的指挥所，又接到了报告：黄冕昌同志也牺牲了。

短短的一段时间，就牺牲了两位团级以上的指挥员，李天佑难过得热泪盈眶。

李天佑在回忆这场战斗时说：“这时已是下午，我们已整整抗击了两天，中央纵队还在过江。现在两个团的团长、政治委员都已牺牲或负伤了，营、连指挥员也剩得不多了，负伤的战士们还在不断地被抬下来。

但是，我们是红军，是打不散、攻不垮的。我们的战士在‘保卫党中央’这个铁的意志下团结得更紧，指挥员伤亡了立刻就有人自动代理，带伤坚持战斗的同志也越来越多……”

在敌人强大兵力的攻击下，红军伤亡越来越多，只能采取交替掩护、且战且退的方式，撤离平头岭和尖背岭，退至龙塘村祠堂前面的虎形山，组织起较强的阻击力量，构筑数层工事，集中兵力死守。

虎形山是红五师防线中最后一个具有战略意义的制高点，红五师广大指战员深感责任重大，纷纷表示：“只要有一个人在，就不让敌人到新圩！”

排埠江村村民唐玉甫是当年给红军带路的村民，他说：“我带红军到了虎形山那边，敌人立即向我们扫射，子弹打得很低。红军赶快把我按倒在地上，对我说：‘我们知道上山的路了，你没有打过仗，不懂得躲子弹，这里危险，你赶快回去。’”

敌人兵力越增越多，战斗越来越激烈。桂军先用机枪扫射，又出动飞机狂轰滥炸，一次又一次地向红军发起猛烈进攻。

在长达数公里的战场上，烟雾遮天，喊杀震天，尸横遍野，有的地方甚至有几十具尸体堆叠着。

红军一个团的指挥部设在村民黄槐清家里，部分红军驻扎在祠堂和老百姓家里，他们纪律严明，只住大堂屋，不进小房间。

一位年轻的通信员背着一把马刀，从黄槐清的家里走出来，想收拾电话线，走了还不到 200 米，就遭到了敌人的机枪扫射，倒地牺牲。

然而，村民积极支持红军抗战的热情很高。他们冒着生命危险，给红军磨米、送饭，救治伤员。村民黄光祝尤为勇敢，不怕牺牲。

红军战士刘胜脚受伤了，黄光祝立即把他背回家，藏在家里的红薯窖里，用草药医治他。

15岁的江西籍小红军战士王老大被打伤了大腿，黄光祝把他背到楼上，藏在木桶里，盖上一层厚厚的稻草，才躲过了敌人的搜捕。

桂军以重兵进攻左侧高山，同时实施两面夹攻。红军腹背受敌，被迫退出阵地，撤到新圩附近的楠木山和炮楼山。

不管形势多么恶劣，红五师紧紧守住几个险要的山头，牢牢扼住灌阳通往新圩的道路，将桂军的7个团死死地挡在新圩以南。他们心中只有一个信念，那就是决不能后退一步，决不能让敌人突进新圩，要誓死保证党中央安全渡过湘江。

11月30日下午4时许，红五师接到了军团部发来的电文：军委第一纵队已于今天早晨渡过湘江，第二纵队即将渡江，命令红五师将防务交给红六师第十八团，迅速赶往兴安，抢渡湘江。

至此，红五师两个团在新圩板桥铺至杨柳井、枫树脚一带激战了三天两夜的阻击战斗宣告结束。

在三天的阻击战中，红五师付出了惨重代价，师参谋长胡震、第十四团团长黄冕昌牺牲，第十四团政委和第十五团团长、政委均负重伤，两个团的营、连干部大部分伤亡。红军指战员用鲜血和生命，保住了从文市、水车地域通往湘江的道路。

红五师撤离以后，新圩的阻击任务交给了红六师第十八团。

07

红五军团第三十四师，代号为“吉安”，是在毛泽东、朱德的亲自关怀和谭震林、罗瑞卿、萧劲光等的具体帮助下，由清一色的闽西人民子弟兵逐步改编、组建起来的能打善战的部队，正式成立于1933年。部队的师、团干部绝大多数是原红四军调来的骨干和从红军学校毕业的优秀人员，他们作战经验丰富，指挥能力较强。广大指战员出身贫苦，阶级觉悟高，整个部队战斗士气旺盛。在改编、组建后的一年多的时间里，虽然隶属关系几次变更，但始终服从指挥，指到哪里，打到哪里，特别是在第四、第五次反“围剿”中，屡建战功。

红三十四师由陈树湘任师长，程翠林任政治委员，王光道任参谋长。下辖第一〇〇团、第一〇一团、第一〇二团，全师近6000人。第一〇〇团团长为韩伟，政治委员为侯中辉。

长征开始后，红五军团担任全军总后卫，行军序列一直在全军最后面，行军非常艰苦。全军团除艰苦行军、作战之外，无论在粮食补充还是战后休整等方面，都要比其他部队更加匮乏，但他们英勇无私，做出了最大的牺牲。

1934年11月29日，红五军团第三十四师接应红八、红九军团入桂后，在道县蒋家岭红五军团部，陈树湘、程翠林接受了“坚决阻止尾追之敌，掩护红八军团通过苏江、泡江，而后为全军后卫”的任务，并要求：“万一被敌截断，返回湘南发展游击战争。”这个任务，重如千钧。军委把掩护全军的任务交给红三十四师，是经过慎重考虑的，是出于对红三十四师最大的信任。

陈树湘、程翠林率领师团干部向军团长董振堂、政委李卓然和参谋长刘伯承等军团首长宣誓：“请军团首长转报朱总司令、周总政委，我们坚决完成军委交给的任务！”

临别时，董振堂和刘伯承眼含热泪，紧紧握住陈树湘的手说：“全军团期待着你们完成任务后迅速渡江，一定要把战士们安全带回来！”

红三十四师先在蒋家岭、永安关、雷口关扼守阻击追敌，再沿雷口关至水车进行运动防御，与本军团的第十三师共同掩护滞后的红八、红九军团入关抢渡湘江。11 月 29 日下午晚些时候，红三十四师进入广西，宿营于灌江西岸的夏云村，准备第二天一早赶到新圩枫树脚接防红六师第十八团，让该团撤出战斗，迅速抢渡湘江。

然而红六师第十八团没能按时赶到新圩，接防后只能在新圩楠木山附近的炮楼山一带进行布防：以两个营扼守楠木山附近的炮楼山，一个营布防于陈家背。激烈的战斗在炮楼山打响，敌人预备队全部投入战斗，第十八团与故人浴血奋战，因敌我力量悬殊，我军伤亡严重，被迫放弃炮楼山，向布防于陈家背的那个营后退靠拢。但红军被敌人再次围攻，第十八团大部分指战员壮烈牺牲，余部向湘江方向转战至全州隔壁山村的铁犁冲，最后只有极少数人突出重围过了湘江，被打散和受伤的红军指战员遭到了地方民团的残杀，几乎全军覆没。

红五军团第三十四师赶去新圩枫树脚接防，队伍刚刚踏上水车的灌江浮桥时，便遭到桂军飞机的轰炸，灌江上的便桥被炸飞，红三十四师伤亡100 人左右，鲜血染红了灌江。

灌阳当地群众翟顺修讲述当年帮助红军架桥的故事　蒋仁润 摄

后来定居在灌阳的失散红军红三十四师保卫员兰金甫多年以后回忆道："9 时许，队伍在水车过灌江，踏桥不久就遭到敌机轰炸。我跟刘鹏（当时为红三十四师保卫科科长）跳到沟里去躲，炸弹翻起的土把我们埋住了，但我们没有受伤，爬出来又走。那次，我们被敌人炸死了几百人。"

失散红军红三十四师一〇二团二连司务长钟国邦回忆道："清晨出发，过灌江浮桥，到修睦村山燕头陶器厂时，阳光高照，天空中突然来了 3 架敌机，向我们丢下 3 枚炸弹，18 个同志牺牲。我们掩埋了 18 个牺牲同志的遗体以后，继续前进。"当时，钟国邦正患着重病，然而，他不顾伤痛

文市岩口自然村红军亭（上图）　蒋仁润 摄

清明时节当地群众深情祭扫红军烈士墓（下图）　蒋仁润 摄

和饥饿，仍坚持追赶部队。走到第三天，来到新圩解放村黄泥田屯的陆仲新家门口时，天黑了，钟国邦困得实在难以支撑，眼前一黑就倒在了地上。

陆仲新急忙将钟国邦扶起来，背进家里，留他养伤。

白色恐怖下的国民党民团在村里进行地毯式搜查，只要查出谁家藏有红军，就一律以“通共”处理，家庭财产全部充公。

钟国邦只能再出走，他装扮成乞丐，一路行乞。当他走到下棚村时，突然冲出几个民团团丁，朝着钟国邦就是一阵暴风雨般的拳打脚踢，野蛮地剥去了他的衣服。

寒冷的冬天，钟国邦光着身子，全身颤抖。他终于渡过小江，躲进深山，跑到了擂鼓岭，被村里好心的甲长陆德辉救下，改名为陆献兑。后来又被村民陆伯豪收留为儿子。

红三十四师一〇二团重机枪连连长廖仁和，就是在这次浮桥上的轰炸中被炸伤了大腿，弹片留在了大腿里。当时，因为部队急着要赶去枫树脚接防，卫生员只对廖仁和进行了简单的包扎，并想安排他回老家养伤，但廖仁和坚持要跟部队走。

在排埠江李家田村，廖仁和被敌人抓住。但敌人不知道他是连长，以为他是一名普通的战士，把他的衣服全部剥光后，就把他推下了山。

廖仁和醒来后被村民李绍伯救下，带回家里。李绍伯请来草药医生给他疗伤，直到伤口化脓，才把弹片取出来。

由于李绍伯家庭经济困难，廖仁和来到李家后只能靠打长工维持生活。当时，形势紧张，为隐蔽身份，李绍伯多次叫廖仁和改名换姓。

廖仁和坚持不改名，他说：“我参加革命 8 年，我就是红军，我就是廖仁和，我不怕死。”

后来，廖仁和到荔浦县招亲。几年后，又回到灌阳。他对参加红军从来没有后悔过，每当别人与他聊起红军的故事时，他总说：“如果当时我不是受伤，行走不便，我会跟着红军一路走下去的！”廖仁和由此成为灌阳失散红军中唯一没有改名的。

红三十四师一〇〇团三营九连战士曾宪文，是江西省赣州三溪乡里龙村人，也在浮桥被炸时掉队了，流落到灌阳镇沙罗源，藏身在一户农家的牛栏里，才得以保全性命。

浮桥被炸以后，红三十四师只能取道大塘，沿着灌江西岸逆流向西南方向行走。

沿途一路是羊肠小道、峡谷陡壁，数千人的队伍，行动异常艰难。由于不熟悉地形，当他们翻过海拔 1100 多米的观音山，来到新圩东南的洪水箐村地域时，时间已到了 12 月 1 日中午。这时，红十八团已经撤出阵地，新圩防线被国民党军突破和控制，红三十四师陷入孤军奋战的险恶境地。

12 月 1 日 14 时，红三十四师接到中革军委的指示：“由板桥铺向白露源前进，或由杨柳井经大源转向白露源前进，然后由白露源再经鳌鱼州向大塘圩前进，以后则由界首之南的适当地域渡过湘水。”

下了洪水箐，红三十四师向西沿着板桥铺、湛水、流溪源，朝宝盖山进发。当他们翻越海拔 1900 多米的宝盖山时，红军主力已渡过湘江。脚山铺至界首间的湘江两岸已被湘军和桂军控制，红三十四师的退路已经被完全切断。

12月3日凌晨，红三十四师沿着湘江支流建江北上，准备经安和、凤凰嘴抢渡湘江。不料，当天下午，红三十四师行走到全州县安和镇文塘村时，却遭到了国民党军夏威率领的第四十四师的突然伏击，敌我双方在黄陡坡激战半天，红军遭受重大伤亡，正在给中革军委发送电报的师政治委员程翠林、代理政治部主任兼一〇二团政委蔡中、第一〇二团团长梅林等师团级指挥员壮烈牺牲，电台被炸废。

这时，渡江已无希望。通信器材被损坏，红三十四师与中革军委失去联系，向西、向北、向南的路已被堵死。师长陈树湘清醒地意识到：红三十四师只能转身突围，留在江东打游击。

面对严峻的形势，师长陈树湘组织师、团干部召开紧急会议，在战火硝烟中下达了两道命令：第一，从敌人薄弱部位突围出去，返回灌阳，到群众基础较好的湘南地区开展游击战争；第二，万一突围不成功，誓为苏维埃流尽最后一滴血！

夜幕降临，红三十四师开始艰险的突围战斗。但他们要面对的是熟悉当地环境的国民党桂军，尤其是那些土生土长的地方民团，还有湘军和中央军周浑元部。他们在山路上挖陷阱、埋竹签，竹签还用桐油跟尿熬煮，红军一旦被刺伤就会造成严重感染。红三十四师官兵多为闽西人，不熟悉地形。民团走一个小时到达的路，红军却要行走半天。

陈树湘和参谋长王光道带领突围出来的战士退至茶皮箐。

根据12月3日凌晨4时军委的最后指示“在不能与主力会合时，要有一个时期发展游击战争的决心和部署”，陈树湘准备带领部队返回灌阳，再到群众基础较好的湘南地区去打游击。

在向灌阳前进的途中，红三十四师在梓木塘、板桥铺等地遭到了敌人的阻击和袭击，当他们到达灌阳深浦源时，已不足1000人了。这时，红三十四师的处境十分险恶，只能在深山老林行军。由于敌人的反动宣传和高压强迫，大多数老百姓跑到山上躲藏起来，红军筹不到粮食，伤员得不到安置，落伍掉队的越来越多，部队大量减员。

第二天清晨，红三十四师从深浦源突围以后，赶到新圩以南两公里的立田村。

天空刚刚露出鱼肚白，立田村村民陆景日挑着粪箕到村后山的栗树林里去割牛草。

这时，两个背枪的人朝他走过来，温和地向他问候："老表，割牛草？"

陆景日顿时明白了他们是红军，因为前几天红军在新圩打仗，红军打土豪的事情全村人都知道。于是，他毫无戒备地回答道："是的，我是来割牛草的。"

红军又说："我们想请你去谈谈。"

原来是红三十四师从深浦源突围出来以后，部队减员，多出了几十条步枪，想送给村民们。

枪，对于村民们来说，太重要了。那个年代，农民迫切需要可以自卫的武器来确保自身安全。

当红军把这一喜讯告诉他们时，村民们喜出望外。中午，外出劳动的村民一回到村里，红军送枪的事情立即传遍全村。

发枪之前，红军召开了群众大会，并告诉老百姓："红军的大部队已经北上抗日打鬼子去了，我们把这些多余的枪送给你们，以后军民共同抗日，打土豪，分田地，实行耕者有其田，人人有饭吃。”随后，红三十四师将 30 多支步枪、数百发子弹以及几十个手榴弹一一发给了村民。

全村沸腾了，为感谢红军，全村群众烧水、做饭、杀猪，军民共吃同心饭。

新圩立田村——红军在这里将武器发给贫困穷苦农民　蒋仁润 摄

到了 1944 年，日军入侵灌阳，立田村成立自卫队，村民们扛起红军送给他们的这些枪在龙塘村、板桥铺一带打击日军，打了 10 多次仗，打死、打伤日本兵各 1 名，缴得步枪 1 支、雨衣 1 件、望远镜 1 副，以及其他军用品。

1947 年 7 月 24 日，中国共产党的秘密地方组织发动全州、灌阳武装起义，立田村农民利用这些枪支，组成游击队，开展了轰轰烈烈的武装斗争。村里 40 多个青年积极响应中国共产党的号召，拿起红军送给他们的这些枪支，参加游击战争，其中有 7 个同志牺牲了。

再回到 1934 年 12 月，当红三十四师行至新圩附近的罗塘、板桥铺时，又遭到地方民团和桂军的袭击。部队伤亡人数不断增加，没过几天就不足 500 人了。红三十四师一〇〇团卫生员曹如庆，是福建省上杭县人，在路上与红军失去了联系，流落到新圩，被光明村村民蒋显荣收为养子，改名为蒋玉清。

据蒋玉清的女婿——新圩镇潮立村陆绍瑞说："那时候，我岳父年纪不大，又是部队的卫生员，整天跟着部队跑，服从部队的命令是他们的本分。红三十四师过不了湘江，如果过得了湘江，我岳父会跟着部队走下去，就不会流落到新圩的光明村。部队在半路上就被桂军截住了，打了一仗，冲不过去。之后，师部决定往后撤，又回到了灌阳。搞不清什么原因，我岳父最后掉队了。"

12 月 5 日晚上，红三十四师余部再次翻越观音山，到达地处半山腰的洪水箐村庄宿营。第二天拂晓，红军遭到了伍铭烈、易生玉带领的地方民团和桂军的袭击，他们仓促应战，反复与敌人争夺制高点，在丛林中展开了惊心动魄的拉锯战，整整战斗了一天，一直打到天黑。

深夜，师团失去了联系，陈树湘与韩伟紧紧拥抱，和他做了最后的道别："目前，部队战况不利，我们只好各自为战，分散突击。韩团长，你带领一〇〇团往湘江方向去。”

红三十四师一〇二团三营三排三班战士李祯标，是福建省上杭县石院村人，跟随部队来到洪水箐后就生病了，后来没有跟上部队，流落到水车乡，被当地村民胡世佑收养。据李祯标回忆：“到了洪水箐，在山的半腰，我就生病了，患的是痘疾，走不了路。连长只能叫我在后面跟上，我将1支枪、4个手榴弹、30发子弹交给他。因为病势严重跟不上部队，我就在山上夜宿，又冷又饿，非常难受。后来，我到红旗公社大仁大队猪岩冲落户，在胡家住了四年，改名为胡佐明。”

81岁的洪水箐村村民、老党员俸远恒根据祖辈对于这场战斗的传颂自编了一首民谣。每当有人与他谈起红军在洪水箐宿营的这段往事时，他都会老泪纵横地唱起：

难忘一九三四年，红军宿营洪水箐；
遭遇桂军和民团，拂晓仓促拉锯战；
一直打得到天黑，红军伤亡好几百；
团长韩伟来护卫，师长树湘来突围；
满山死的是红军，两眼泪水泪涟涟；
全村百姓自动手，含着泪水埋红人；
埋了三日埋不完，心也酸了手也颤；
埋不完的来腐化，尸骨尸体满山岗；
多年滑坡涨大水，洪水冲走到灌江；
可恨可恶的民团，追得红军无处藏；
百姓害怕来送饭，红薯地窖藏军人；

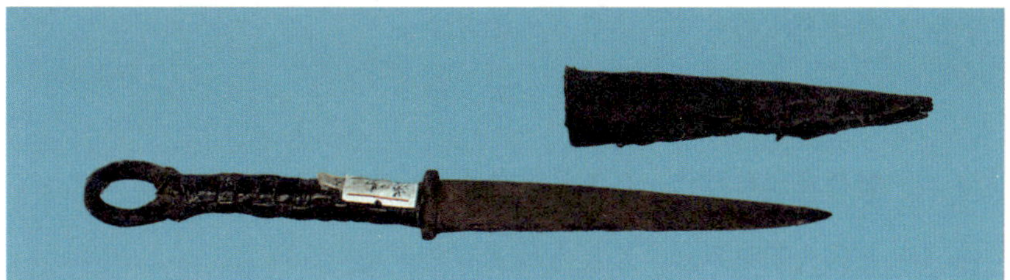

红军过水车时留下的匕首（上图） 红军使用的手雷（中图）
红军过洪水箐时留下的子弹箱（下图） 灌阳县博物馆 提供

为了全队的时候，工农八一送留念；

开放立起红军碑，难忘红军为人民；

科技走向新时代，红军恩情永不忘；

年代久了记不起，无数先烈唱不完。

国民党政府四处张贴“剿灭”这支红军残余部队的悬赏告示：“活捉一个红军赏大洋十块，打死一个军官赏大洋二十块，活捉首匪陈树湘赏银一百两！”因此，陈树湘按照朱总司令的命令带领余部从广西折回湘南的途中，一路遭到各地民团的伏击。进入湘南地区时，全师只剩下 200 人左右。

12 月 9 日，残阳如血，陈树湘率领余部赶到湖南江永县准备抢渡牯子江时，发现了流动的火把，而唯一的木桥已被封锁。

当陈树湘率领余部沿着江边继续行进时，前方出现了大批民团。

陈树湘立即发出命令：“涉水过江。”

战士们走进了水深齐腰的牯子江，刚到江中，突然听到岸上的叫喊：“有红军！水里有红军！”

顿时，两岸枪声响起，水中的红军很快伤亡过半。

陈树湘迅速组织红军向一个水湾撤离。突然，陈树湘身边传来几声炮响，江水顿时一片殷红。陈树湘的腹部受伤。

几个警卫员全力把陈树湘抢上岸边，隐蔽在一条山区小路。此时，“抓活的，抓活的”的叫喊声不停。

陈树湘和几个警卫员急速赶到四马桥洪东庙，在那里奋力阻击追赶来的敌人。

陈树湘打光了所有子弹。敌人围了上来，一阵狞笑后叫嚣道：“这捞得了一条大鱼，赶快送去请赏啊！”

国民党道县保安司令命令人用担架抬着陈树湘，并由他本人亲自监督，急速奔往湖南长沙邀功。

行至石马神村，英勇的陈师长趁敌不备猛地撕开绷带，用尽最后气力扯断了受伤的肠子，壮烈牺牲。这位年仅 29 岁的红军英雄，以生命和热血，实践了他“誓为苏维埃共和国流尽最后一滴血”的誓言！

可是，残忍的敌人还是没有放过陈树湘，割下了他的头颅，悬挂在他的家乡湖南长沙小吴门的城墙上示众，恐吓同情红军的群众。

红三十四师最后仅剩几十人，在参谋长王光道的率领下，转战于湖南道县、永明等地发展游击战，终因寡不敌众，在敌保安团唐季候、欧冠等部的反复围捕下，大部分牺牲。

红三十四师勤务通信兵童旺扬本是福建长汀县人，在突围中受伤，潜入深山里藏匿几天几夜以后，跑到道县仙子脚空树岩，被好心的瑶民盘芹贵收留。他养好伤后，由于各种原因，无法找到革命队伍，盘芹贵就收留童旺扬为干儿子，后改童姓为盘姓，取名盘旺武，小名武哥。1940 年，盘芹贵和妻子盘四妹亲自牵线，让干儿子盘旺武上门到灌阳县水车乡上莲花箐俸家成亲，又改盘姓为俸姓，成为俸家的儿子，取名为俸旺桂。那是因为恩人盘芹贵的名字有个“贵”字，到了广西就用原名的“旺”字加上广西的简称“桂”字，合在一起就叫俸旺桂，也叫俸旺贵。2017 年国庆节期间，俸旺桂的儿子俸顺喜组织祖孙三代共 23 人回到福建寻根探亲和认祖归宗，创作《回家》一文，表达对父亲的怀念和终于完成父亲愿望的激动之情：

八十年前寻真理，少年壮志投红军；
坚定信念跟党走，驱恶除霸为人民。
长征路上恨负伤，失散隐居空树岩；
思念首长和战友，漫漫长夜心难安。
七十年代党关怀，寻亲愿望佳言传；
羸病空流思乡泪，全凭书信报平安。
裕宗后代骨肉情，闽桂两地乐开颜；
四十余载故乡梦，父辈心愿子孙圆。
光辉历史牢记心，红色基因共传承；
携手踏上新征途，童坊水车有传人。
裕宗后裔春常在，我来你往情更真；
不忘初心齐奋进，继续前进新长征！

韩伟挥泪告别师长后，带领本团余部 30 多人转身向湘江方向引敌。韩伟下令队伍分散突围，潜入群众中，然后设法找组织、找部队，自己和 5 名战士负责掩护。最后子弹打光了，敌人像打了鸡血似的高喊着往山上冲。在灌阳和兴安交界处的轿顶山，宁死不愿做俘虏的韩伟高喊着："同志们，红军绝不能当俘虏！记住我们的誓言：为苏维埃共和国流尽最后一滴血！"带头纵身跳崖。

轿顶山是位于灌阳与兴安交界的海洋山山脉的一座主峰，海拔 1651 米，植被茂盛，绝崖险峻。

也许是上天垂怜，悬崖上有一棵伸出的弯曲的树，韩伟先是落在了这棵树上，下坠之势得以缓冲才又掉进了悬崖底，昏了过去。

韩伟醒过来后，撤至董家村的后山躲藏起来，被协兴村村民王本生救下，藏在他家的红薯窖里 7 天 7 夜才得以逃生，最后历尽艰辛才回到革命队伍。

和韩伟一起跳崖的战士中，有一名负伤了，在兴安遇上搜山的保安团和民团，被活活打死。其余的，有三名战士跳崖以后，藏匿在协兴村村民的牛栏里，撕掉了肩章和染血的裤脚，侥幸躲过敌人的搜查，逃回轿顶山，再也没有音信。

福建省宁化县治平畲族乡人红军战士曾繁益，当年才十八九岁，跟着韩伟跳崖后，也侥幸生还，逃入灌阳县西山乡竹山，被竹签刺伤脚板，幸亏村民上山查看捕猎的铁夹子时发现了他，从家里拿来红薯给他吃，后又把他转移到村中的一个庙里，请来本村的土医谢兴成给他治疗。后来，曾繁益在西山瑶族乡下涧村安了家。

韩伟是红三十四师唯一幸存的团级以上的干部。中华人民共和国成立后，韩伟历任军事师范学校校长、华北军区副参谋长、北京军区副司令员兼参谋长等职，1955 年被授予中将军衔。

这段悲壮的历史让韩伟不忍回首。据韩伟的儿子韩京京回忆，他出生后，从未听父亲提起过这场战役。直到 1986 年中国人民解放军组织编写《红军长征回忆史料》的有关同志找到韩伟，请他回忆红三十四师这段历史，韩京京才从父亲那里听到这场惊天动地的血战。韩京京清楚地记得，那天父亲接到写回忆文章的任务时，眼里充满了悲痛和哀伤，他一气呵成，详细地写成了回忆录《红三十四师浴血奋战湘江之侧》——显然父亲此前是把这段历史完好地保存在了内心深处。

弥留之际，韩伟对韩京京说：“湘江战役时，我带出的闽西子弟都牺牲了，我对不起他们和他们的亲人，要是带领他们过了湘江，征战到全国解放，说不定全国的将军县还会出现在闽西，出在永定、龙岩、上杭……我这个将军是用他们的鲜血换来的，我活着不能和他们在一起，死了也要和他们在一起。这样，我的心才能安宁！”

1992 年 4 月 8 日，韩伟在北京病逝，走完了他传奇的一生。亲属遵照他的遗嘱，将他的骨灰安放在闽西革命烈士陵园，与红三十四师的战友们永远长眠在一起。

韩京京曾在原总参军务部、总参装备部、中国驻苏联大使馆任职。如今，年过古稀的韩京京每次提及父亲，都心碎一次。遵照父亲的遗愿，2009 年，韩京京在湘江江畔为红三十四师牺牲的 6000 名将士立了一块碑，墓碑上这样写道：“你们的名字无人知晓，你们的功勋永世长存——为掩护党中央、中革军委和主力红军在湘江战役中牺牲的红三十四师六千闽西红军将士永垂不朽。”

随后，韩京京又会同福建省龙岩、三明市政府进行了多年的调查工作，查访闽西每一处村落，查找出 1000 多名在湘江战役中牺牲的红军战士的名字。赖老石头、马二二、陈三哩子、吕太阳妹、戴七子、李矮六、李四古佬……这些名字被刻在花岗岩上，同之前的集体纪念碑一起立在湘江之滨。这些名字，如“马二二”，可能是马家排行第二的孩子；“戴七子”，可能是戴家的第七个孩子；“吕太阳妹”，有可能是吕太阳的妹妹，也有可能是这个女红军就叫吕太阳；“李四古佬”，可能是李家的第四个

作者采访红军后代俸顺喜（右） 杨希云 摄

男孩……从这些红军的名字，可以看出当时的这些红军都是出身贫寒的农民，而且他们的父母文化程度都比较低，连起名字的能力都没有。正是这些泡在苦日子里的人打下了我们今天美好幸福生活的基础。韩京京说：“凡是对这个国家做出过牺牲的人，哪怕是过去了 70 年，甚至 100 年，哪怕是一个小山村的贫农之子，也一样将被历史记住！一个尊重英雄、牢记历史的民族，必定是一个伟大的民族！”

一次，他在兴安光华铺战地上发现了两枚手榴弹，送给了兴安湘江战役纪念馆保存。中革军委原副主席张震到纪念馆参观，看到这枚手榴弹时，感慨万千，他说：“我当年就是用这种手榴弹与敌军打仗的，这种笨重的手榴弹要用好大的力气才能抛出去。”

20 多年来，韩京京追随父辈的脚印，在闽西、桂北等地寻访、收集、整理红军长征的故事和遗物，挖掘和考究长征文化，每到一处红军作战的遗址，他都要在战壕里蹲守一阵，感受当时红军作战的艰苦。

2014 年，韩京京在陈树湘牺牲 80 周年纪念日时，邀请了著名军旅雕塑家刘林塑了三尊陈树湘铜像。一尊安放在陈树湘的故乡湖南省长沙市的博物馆；一尊赠给了陈树湘 1930 年带领过的红四军特务支队，这个英雄连队曾经走出了罗荣桓、谭希林等一批将帅；一尊安放在自己家里，与他父亲的像肩并肩，就像他们当年一起战斗的岁月一样，凝固成了永恒。

1942 年 1 月，韩伟（右一）和冀中警备旅干部合影　韩京京　提供

作者与李天佑之子李亚滨（左）　孟学事　摄

作者与韩伟之子韩京京（右）　孟学事　摄

黄敬佳　图饰

四　鱼水情深

在新圩采访的那段日子里，我每天都被感动着，我思想感情的潮水在放纵地奔流着。“祖宗三代保红旗”、酒海井红军沉井目击证人红军刘来保的故事等，都让我认识到，这种军民鱼水情是多么可贵，是多么让人感动！这让我感受到我们的部队、我们的红军，他们的意志是多么坚韧与刚强！我们的老百姓，他们的胸怀是何等美丽和宽广！

01

1934 年 11 月 26 日上午，灌阳县水车村村长翟运军带着一个村警，敲着锣鼓，煽动村民：“‘匪’军来了，大家把粮食藏起来，赶快到山上去躲。”

村民翟顺修抱着怀里的孩子，急忙就往后山奔跑。此时，他的孩子刚满2岁，正发着高烧。孩子嘴唇干涩、鲜红。

翟顺修走到半路，孩子哭得越来越凶。没办法，趁着天黑，翟顺修提心吊胆地返回家里。

这时，一个年轻红军悄悄来到翟顺修家。翟顺修一阵惊慌，求饶道：“孩子有病。”

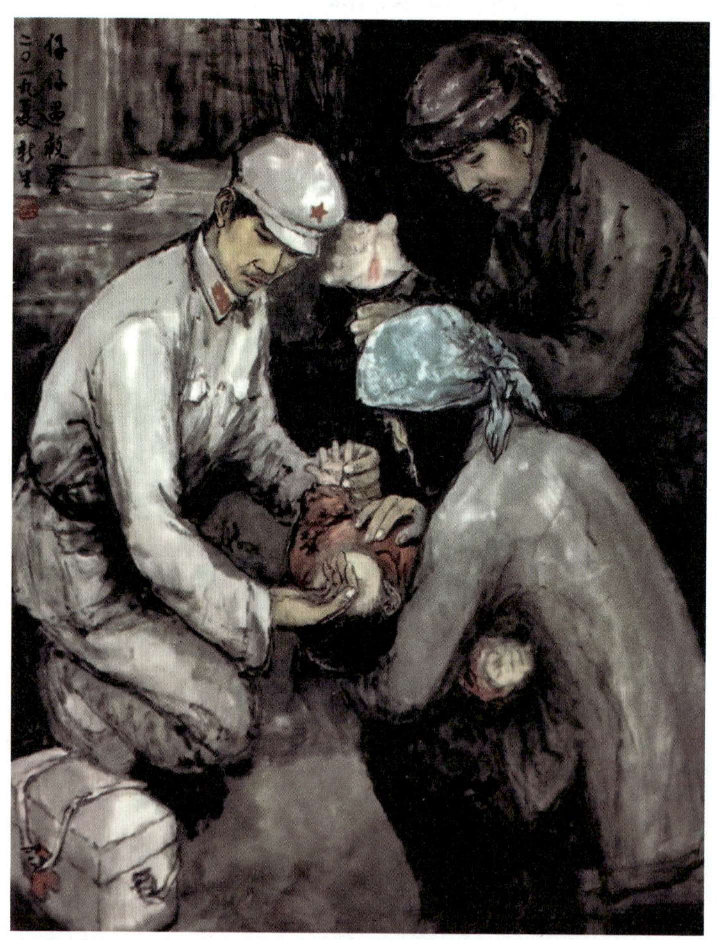

《仔仔遇救星》 宁新生 绘画

年轻红军立即跑出家门，一会儿，他提着一盏马灯，带来了一个50岁上下的麻子脸医官。

那位医官用电筒照了一下孩子的嘴，安慰道：“孩子的病没多大问题。”

接着，医官又摸了孩子的额头，说：“孩子发烧了，吃点药就好了。”然后，拿出三包药，吩咐翟顺修：“现在吃一包，睡觉前吃一包，明天早晨吃一包，用温水送。”

翟顺修双手接过药，感激不尽。小孩服了药以后，半夜醒来要喝水、吃奶，翟顺修一摸孩子的额头，再也不烫手了。

第二天早上，麻子脸医官又来了。他见到孩子嘴唇上都是白疱，立即从口袋里拿出一粒红色的药，捻散了放入一碗清水里，不断地清洗着孩子的嘴唇。孩子的嘴唇慢慢红润起来。

接着，麻子脸医官拿出一张纸，开了一个药方交给翟顺修，说：“到我们司药那里去取药吧！”

翟顺修忙拒绝：“我没有钱。”

“不要钱，红军为老百姓治病是不需要钱的！”

翟顺修感动得热泪盈眶。

中午时，孩子能说话了。麻子脸医官又来到翟顺修家，给了他一些药，心情沉重地说：“我们今天就要离开了。”

翟顺修急忙跑进房间，交代爱人拿了6个鸡蛋、40个铜板、8个柑子，用篮子装好，并贴上红纸，以示酬谢。

麻子脸医官忙推辞：“红军帮穷人治病，是不用老百姓给东西的！”

第二天，翟顺修看到很多红军扛着木料往江边走，一打听，原来是准备架桥过江。

翟顺修急忙跑回家里，撤掉了家里的门板，甚至把吃饭的大桌子都扛到江边，用来帮助红军架桥。

“红军刚刚救了我的孩子，这正是我报答感恩的机会！”翟顺修心里一阵兴奋。

桂北的冬天，江水刺骨的冷。但翟顺修心里暖乎乎的，他干劲十足，脱掉了衣服，走到江水的中心，与红军一起扛木、打桩，一干几个小时都不觉得冷。

红军离开的时候，赠送了一床棉被给翟顺修以示感谢。翟顺修一直都没有舍得用过，珍藏了 43 年，于 1977 年交给了灌阳县文化馆保存。

02

灌阳县文市镇桂岩村，地处湘桂古道边上，旧时商贸、物流发达，一条清澈的溪水贯垌而过。

1934 年 11 月 27 日清晨，天刚蒙蒙亮，村里的“豆腐西施”（因为长相漂亮，又磨得一手好豆腐，村里人都叫她“豆腐西施”）早早地起床了，打开店铺，一股冷风扑面，她定睛一看，大吃一惊，只见屋檐下、街道边，到处横七竖八地躺着穿着破烂灰色衣服、戴着五角星帽的小娃兵儿。

怎么这么多兵呢？是什么兵？为什么不进屋里睡呢？“豆腐西施”想起以前她见到的国民党兵，一来到村里，就抓人抢粮，闹得整个村子鸡犬不宁。

“豆腐西施” 急忙跑去叫她的二儿子蒋恩祥去打听情况。

儿子打听情况后告诉“豆腐西施”：“妈，是红军来了。”

“豆腐西施”一阵恐慌：“红胡子，共产共妻，杀人放火不眨眼！”

“妈，你是听国民党兵讲的，红军怎么会这样呢？红军是我们穷人的队伍，可好呢！”蒋恩祥说。

蒋恩祥接着又说：“我就听我们村里的蒋长元说过，看到红七军路过村边，红军纪律可严明了，不拿群众一针一线，还帮群众解决困难，他联络村里的何苟宗等人，加入了红军队伍。我还听说这几天，有红军在隔壁村里找东西吃，村里没有人，他们在一个姓海的老大娘家里发现一锅半粥半菜的猪潲，因为饿得紧就把它吃掉了，走的时候在锅里放了 10 个银圆，留了一张字条，表达对主人的谢意。”

“哦，原来红军这么好！你赶快去叫你弟起床，一起帮忙来磨豆腐送给他们吃。”

不久，天亮了，蒋恩祥看见一些红军忙碌地在村里的墙上写宣传标语。

豆腐磨好了，他们拿去送给这些娃娃红军吃，却没有一个红军敢吃，都说红军是革命的队伍、穷人的亲人，是有纪律规定的，不能随便拿群众的一针一线。

这些娃娃红军衣着单薄，天气寒冷，好可怜！好心的“豆腐西施”看到他们冻成那样，都流泪了，于是极力要求他们喝碗豆腐花，以暖身子。

这时，一个背着小挎包的小红军走了出来，拿出几个银圆，一定要“豆腐西施”收下，说：“我们谢谢你的好意，你收下我们的心意，我们才能吃豆腐花。”

双方互相推辞后，“豆腐西施”象征性地收了一个银圆，红军才开始吃豆腐花。

娃娃兵喝豆腐花时，“豆腐西施”悄悄地叫她的妹妹进屋拿出针线帮红军缝补衣服。衣服缝好了，“豆腐西施”把衣服拿给他们，亲切地抚摸了其中年龄最小的一个小红军的头，想着这些和自己孩子一般大的小红军过的日子，心里觉得又爱又怜。

同时，“豆腐西施”悄悄告诉儿子蒋恩祥：“你快去文市找你哥哥（蒋慈祥，因抓丁被迫到民团），说红军是咱穷人的队伍，路过的时候不要打。”

蒋恩祥和弟弟蒋大祥急忙找到蒋慈祥，报告了此事。

聪明的蒋慈祥在民团中大力宣传：“红军来了许多人，赶快跑，莫在这里等死！”

这时，一个民团的头目站了起来，阴阳怪气地说：“什么红军，我才不怕他们。”

蒋慈祥接着就说：“今年 9 月，我们村长蒋保德因为在村里写骂他们的标语，被正好路过的红军一枪就给毙了，难道你们还不知道？”

民团嚣张的气焰马上就降了下来。民团头目手一挥，其他民团团丁连在文市架的浮桥都来不及炸就跑了。就这样，红军的主力部队顺利地渡过了灌江。

蒋慈祥因此受到震撼，就此离开了民团，他追赶着红军，想加入红军队伍。但他追到灌阳与全州交界的马鞍岭时，听到新圩方向传来激烈的枪战声，又听到逃避战乱的群众说打死了不少人，因为胆小怕死又跑回了家里。

“豆腐西施”见到蒋慈祥跑回家，大声责骂：“你这个胆小鬼，真没用！不去参加为穷人闹革命的队伍，回来干什么？”

《新圩的油茶》 宁新生 绘画

03

1934年11月28日，一个万籁俱寂的夜晚，整个枫树脚村笼罩在一片黑暗之中。

八九点钟，村民都已经吃过晚饭了。

接连几天的战事让这里的村民惊恐不安。夜里，村里的居民几乎都不敢开灯，家家户户都紧闭着门，有的甚至跑到地窖里藏匿起来，害怕被战火波及。

唯有山脚下一户农家，透出微弱的光亮。农家的主人是一位60多岁的老汉，叫黄和林。

“咚咚咚”的敲门声响起，黄和林紧张地跑到了门边，透过门缝仔细地向外窥视，只见一个看起来十几岁的少年趴在门外，拖着受伤的腿，轻声地问：“家里有人吗？”

听着这温和的声音，又看到他穿着红军的衣服，黄老汉放下了心。

“快，快，快进来。”黄和林急忙打开了门。

“咣当”一声，小红军跌了进来，只见他的右腿不断地流着鲜血。

黄和林急忙叫老伴端来一盆热水，轻轻地给小红军清洗伤口，再敷上止血草药，并进行简单包扎。看着小红军身子很虚弱，老人把家里攒着卖钱的仅有的两个鸡蛋拿了出来，煮给小红军滋补身体。

小红军来到黄家的第二天，国民党军和民团就进村挨家挨户地搜查从山上躲下来的红军伤员。

为了安全，黄和林实在没有办法，只能把小红军藏在女儿的房间。桂军和民团知道当地的风俗，未出嫁女孩的闺房，陌生男子是不能进的。他们在外面叫嚷了一阵子，说了一些恐吓的话就离开了。

两天后，小红军怕连累黄家，提出要追赶部队："老大爷，谢谢你给我治伤！我要跟大部队走了。"

"你的伤没有好，还不能走。"黄和林心疼这个孩子，大滴的泪珠顺着脸颊滚了下来。

"老大爷，我的伤不碍事，你放心。我必须赶快走，否则我跟不上队伍了。"小红军跪在黄老汉面前，久久不起。

黄和林只好找来儿子黄荣清的衣服，让小红军换上便装，备些红薯、玉米等干粮，掩护他上路。

在漆黑的夜晚，北风凛冽，黄和林带着儿子护送着小红军快速行走，出了村，走了很远一段路程，心里还是忐忑不安。

到了杨柳井村，离别的时候，小红军拿出 3 个铜板谢恩，又拿出一面红旗、一个红布笔记本和一个墨盒，取下腰间的军刀，一起交给了黄老汉，说："大爷，你们就像我的亲人，我现在要穿越敌人的包围去找部队，这些东西带在身上不方便。我是穷苦家庭出身，我参加的红军队伍是为我们老百姓打天下的，我一定要想办法冲出去，找到部队。我牺牲了不要紧，可这面红旗千万不能落在敌人的手里，请你们帮我好好保管。如果我还活着，革命胜利后我一定回来取。我相信，革命一定会胜利的！"小红军鞠躬后就匆匆离开了。

接过小红军的这些物品，刚开始时，黄和林心里很犹豫，害怕保管不好，但听了小红军的这番话，又想起小红军在他家住的这两天，说话亲切，

《奶奶有秘方》　宁新生 绘画

尊重他们，讲述红军打土豪、分田地的故事，一举一动，一言一行，让他感动不已。

小红军走后，黄和林慌忙回到家里。在微弱的灯光下，他和老伴一起把这面红旗拿出来，摆在床上慢慢地打开，端详着，原来这是一面军旗，一面刚刚经历了战火的军旗。黄老汉夫妇触摸着红旗上面的弹孔和炮火烧焦的痕迹，想起那个朝夕相处了两天的半大孩子，泪如珠子般滚了下来。他用粗布把红旗包了一层又一层，和另外三件东西放进小木箱里，锁上铜锁，放在床上做枕头，才安稳地睡了。

小红军走后，村里经常有国民党军和反动民团闯进来，到处搜家。黄家人惊恐不安，生怕这个小木箱被敌人发现。黄荣清急中生智，就把小木箱藏进猪栏楼板上的一口棺材里，再铺上一层厚厚的稻草，隐藏起来。

可恨的国民党军见到村民的东西，好吃的东西就把它吃掉，值钱的物品能拿走的就拿走，拿不走的也要把它砸烂。就连猪栏里的这口棺材，也不放过，几次差点被他们砸烂。

黄荣清为那小木箱的安全焦虑不安，生怕有一天小木箱落到这些可恨的人手里。

为保护这面红旗，黄家与国民党军和民团斗智斗勇，不断周旋。于是，黄家达成了一种默契：每次有国民党兵来的时候，黄和林就迎上去打招呼，儿媳妇就找儿子黄光文来打掩护：“光文，你的盒子呢？我们去找找。”一边叫唤一边拉着儿子去猪栏里背出木箱，黄光文背着那个木箱就像带着一个玩具一样，跑来跑去，这样，就没有引起国民党军的注意了。

黄光文尽管当时才 8 岁，但特别老实，不爱说话，从来没有对箱子里装的东西好奇过，也没有想着要撬开箱子，只是把它当作玩具玩，把找箱子当作妈妈带他玩的一个游戏，敌人也没有在意一个小孩的行为。

后来，黄家人意识到，这样下去，会引起敌人的怀疑，迟早会出问题的。一家人想了好长一段时间，终于想出了一个对策，用锅灰和墨汁将红旗染黑，才一次又一次躲过敌人的搜查。

黄和林自从有了这面红旗，就多了许多牵挂，每当晚上醒来，他就会想起小红军临别时对他说过的话："红军是会胜利的！革命是会胜利的！"不禁潸然泪下。

冬去春来，年复一年，黄老汉等啊盼啊，一晃 7 年就过去了。1941 年冬，黄和林突然得了一场大病，卧床不起。

临终前，黄和林把黄荣清父子俩叫到床前，叫老伴把那个装有红旗的木箱拿来，语重心长地说："孩子，一定要好好保护好这个箱子，这箱子里面装有比生命还重要的东西，一定要好好保管，努力寻找那位红军来取，否则，我不会安心。等到红军来取旗子的时候，我们穷人出人头地的日子就到了。"

黄荣清带着儿子跪在父亲的床前，从母亲手里接过那个木箱，泪流满面，表了决心，许下诺言。黄荣清心里知道，这是一种寄托，这是父亲最大的心愿。

又是 3 年过去。1944 年秋，日本军队进入广西，占领灌阳，在新圩建立了据点，到处骚扰村民，杀人放火，无所不为。群众扶老携幼，到处躲藏。

然而，兵荒马乱之年，黄荣清不管躲避到何处，哪怕家里其他的东西没有带，也始终将这只装有红旗的小木箱带在身上。

自从接过这个木箱，黄荣清心中就有一种责任、一种信念，他坚信革命一定会胜利，他一定会等到那个红军战士来取走这面旗子。不管保管这面红旗有多么艰难，他都没打算放弃。

时间一晃就过去了15年。1949年的冬天，灌阳解放，全县一片喜气洋洋。这时，黄荣清欢喜极了，心想：红军应该很快就会来取这面红旗了。有时，他一天都要到村口去看几遍，心里满是牵挂，希望那位小红军尽快出现在他的眼前。

时间一天一天地过去，黄荣清日夜思念的小红军仍然没有出现。对于这个小红军是哪个地方的人，家住什么地方，叫什么名字，他一律都不知道。他唯一知道的信息就是那是一个年轻的小红军。

1977年5月26日，聪明、贤惠的李清鸾嫁给了黄光文的儿子黄永富。已有8年党龄的李清鸾老实、勤快，一来到黄家就勤于打理家务，忙里忙外，村里人见了都夸奖这个好媳妇。

6月的一天，一个骄阳似火的上午，孝顺的李清鸾准备找一些碎布给黄荣清纳鞋底。她爬到楼上，突然，翻到了一个破旧的小木箱，在木箱里发现了一个用大花布包裹得非常严实的布包。

她打开布包，发现里面用本地的蓝色家织布还包裹了一层。再打开，发现里面是一块黑色的粗布，粗布上有两个洞孔。

“这到底是什么东西？为什么这么黑？”李清鸾感到非常奇怪。

她把这块黑色的粗布丢进了一盆温水里，再撒上一些洗衣粉进行清洗，整盆水立即变得如同墨水一样黑。

李清鸾一次又一次地认真清洗，一共用 5 盆温水清洗了以后，那块黑色的粗布慢慢显现出浅红的颜色和党徽的图案。李清鸾从小就喜欢演戏，也喜欢看《刘胡兰》《江姐》等影视剧，认得出党旗的样子，当时，她就觉得这不是一块普通的布料。

李清鸾把这面洗净的红旗晾到树下。这时，屋外的黄荣清看见了，立即惊慌起来，额上冒出了冷汗，他急忙说："清鸾，这东西洗不得，洗不得的。赶快取下来，免得别人看到。"显然，爷爷黄荣清的思想还处在封闭的战争年代，他的这种谨慎、担心、害怕的心理是正常的。

李清鸾忙向爷爷解释："爷爷，现在国家解放了，是中华人民共和国了，你不用担心了！这是一面好旗子，上面还有镰刀、锤头呢。1969 年，我在入党的时候也见过像这样的图案，我和几个同志也是在这样的红旗下面宣誓的！"李清鸾这么一说，才打消了黄荣清老人心中的顾虑。

随后，李清鸾还找到她的舅舅进行确认，因为她舅舅的舅舅参加过游击战，是一名革命战士。她的舅舅确认这是一面党旗，李清鸾就把这面旗子保管了起来。

1979 年 1 月，桂北的大地还处于一片寒冷之中，这时的黄荣清已有 79 岁高龄，重病缠身，知道自己即将走完人生的最后历程，于是，开始慢慢地把以前保护红旗的事情说给黄家后辈听，并交代李清鸾把这面红旗上交给国家，让国家帮忙去寻找那位红军战士。

受过党的教育的李清鸾意识到，这面红旗应该上交国家来保存才是最安全的，决定把这面红旗送给县武装部保管。

于是，李清鸾连夜背着 3 岁的女儿，赶到灌阳县武装部，把这面红旗慎重地交给了武装部的领导。

1979 年 2 月，自治区文物工作会议在灌阳召开，会后，全体参会人员专程来到枫树脚看望了保管红旗的老人黄荣清，给他送来了新衣服，表达对他的敬意。

几天以后，这位老人带着遗憾离开了人间。黄荣清唯一牵挂的就是由他父亲保管了 7 年、自己保管了 38 年、父子两代盼望了 45 年也没有盼到小红军来取的那面红旗。同年 4 月 6 日，这面倾注了祖孙三代心血的红旗被永久珍藏在广西壮族自治区博物馆里。

如今，这个祖孙三代保红旗的故事已家喻户晓。

当李清鸾向我们讲述他们家祖孙三代保红旗的故事时，显得很激动，她说："我现在给你们展示的这面红旗是自治区博物馆一比一复制的，见到它，我就会想起我们家的老人，联想到当年的小红军。"

采访结束时，我最后问了李清鸾三个问题："假如现在红旗在你家里，你还会捐出去吗？珍贵的旗子捐出去了，你后悔吗？你现在最大的心愿是什么？"

李清鸾想了想，平静地说："假如红旗现在在我家里，我也会毫不犹豫地交上去，这是红军留下来的，他不来取了，我理应交给党和政府。再说时间久了，国家来保管更放心。红旗交上去后，组织给了我很多的荣誉，中央、省、市、县都宣传了这事，我感到很光荣。我是一名共产党员，我的两个儿子和一个儿媳妇也是党员，是党员就要讲奉献，不能向组织提条件，几十年来我都没有向政府要过待遇。财富是要靠劳动创造的，靠自己的双手创造出来的东西，享受起来才心安理得。要问我有什么想法，我还

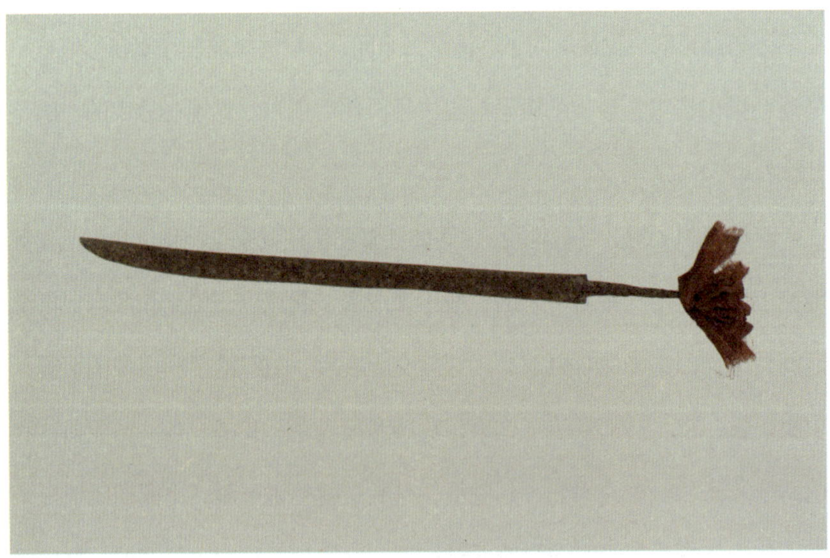

作者采访保红旗家属李清鸾（右二）（上图）　刘训习 摄

李清鸾收藏的红军留下的军刀（下图）　童智 摄

真有一个想法。我现在建了新房子，一楼宽敞，我年纪大了，外出劳动少了，在家时间多，我想在这里办个小小的陈列馆，将红旗展示出来，让大家都受到教育。这些年，很多单位和个人到我家来看红旗，听我讲故事。我经常要上楼去取那面红旗，上下楼不方便。如果放在一楼，再放些桌椅，谁想听我讲我就讲，这样就方便多了。”

听完李清鸾的这番话，我肃然起敬，这位普通的共产党员所践行的信仰就是“不忘初心、牢记使命”。

04

灌阳县文市镇玉溪村祠堂是中央红军到达文市时红军政治部的驻扎地。

1934 年 11 月 27 日上午，一个赤着双脚、拿着斗笠、满裤腿泥浆的彪形大汉走了进来。只见他古铜色的面孔，粗重的眉毛，又圆又大的眼睛，齐到睫毛的刘海，一根粗大的辫子盘在头上。

大汉一进门，就毕恭毕敬地拱手行礼：“红军大人。”坐下后，说明了来意：“听说红军大人来我们这里打富济贫，替天行道，我们瑶家兄弟非常欢迎。我们瑶王叫我送一道公文来，愿同你们联合。你们是红家，我们也是红家，大家都是一家人。”随后，递上一张黄纸朱字的信。

信上第一句话写着：“奉天承运，瑶王致红军兄弟……”主要文字用汉文书写，还有许多符咒，大意是时代不好，奸贼当道，百姓遭劫，十二姓瑶家受尽了当地官府、财主的压迫，请求红军帮助、解救他们。

来人叫奉永太，正是桂北瑶民起义“大总统”凤福山派来联系红军共同反对民族压迫的特使。

接待处的同志听了来访者的介绍，热情接待了奉永太，写了回信，表示红军愿意与瑶民联合。奉永太离开的时候，红军给他赠送了粮食和衣服。

27日晚，红军总政治部召开会议，听取瑶族特使来访的事，同时，研究制定民族政策。

据奉永太反映，汉族军阀、官僚、地主对瑶民的压迫和剥削十分严重，长期的压迫和剥削，促成了瑶民内部的团结和对汉族的仇恨。

红军有关领导提出："我们对待瑶民（或苗民）的基本主张是，反对一切汉族的压迫与剥削，汉民与瑶民的民族应当平等，瑶民的事由瑶民自己去决定，汉人不得干涉，并在精神上与物质上给他们以实际的帮助。在这一基本主张之下，争取瑶民等少数民族对于苏维埃与红军的同情，拥护红军反对帝国主义、国民党的协同动作。"

红军认为，对待瑶族工作还有一个不容忽视的问题，那就是如何对待瑶民的上层人士。因为这些人，如土司、管事等，在瑶民心目中还有极大的权威，在反对汉族的军阀、官僚的民族压迫方面，还具有革命作用。因此，红军不拒绝而且欢迎同瑶民的上层代表发展亲密的关系，同他们订立各种政治的、军事的盟约，通过他们去接近广大的瑶族群众，去推动、发展广大瑶族群众进入革命斗争的阵线。

针对瑶民工作，红军总政治部有关领导强调："必须不知疲倦地解释，汉族的劳苦群众同样受着帝国主义与中国国民党军阀、官僚、豪绅地主、资本家的压迫，瑶民的敌人即是中国劳苦民众的敌人，瑶民与中国劳苦

《骤雨为我洗征程》 宁新生 绘画

民众是兄弟，所以，应该联合起来，协力同心，为推翻帝国主义、国民党而奋斗。必须坚决反对在中国劳苦群众中间的大汉族主义的倾向，同时揭露在瑶民中间所存在的狭义的民族主义的害处，加强瑶民同中国广大工农劳苦群众的联合。”

红军说：“共产党员在瑶民中间应该不断地吸收最觉悟的先进分子加入共产党，在瑶民中发展共产党的组织，加强共产主义的教育，指出只有共产主义才能使瑶民得到最后解放。”

针对桂北少数民族的现状和红军必须经过桂北多民族聚居区的紧迫形势，红军很快以总政治部的名义，拟定了《关于瑶苗民族中工作的原则指示》，在 11 月 29 日以电报形式发到各个军团和中革军委。

红军标语　文东柏 提供

《关于瑶苗民族中工作的原则指示》是红军在长征进入广西后发布的第一个关于民族工作的指示，制定了具体的民族政策，极大地提高了全党、全军对民族工作和民族政策的认识，对以后红军顺利通过少数民族地区起到了极其重要的作用。红军到达陕北以后，党中央和毛泽东总结红军长征时期党的民族工作的经验教训，在中国共产党六届六中（扩大）全会上，提出了更加成熟的民族工作理论和民族政策。

如今，在文市镇唐家村村民唐荣济家的门墙上和唐荣元家的后墙上，还保留着红军宣传民族政策内容的标语："红军和瑶民是一家人，我们要协力同心扫平李宗仁、白崇禧！""反对李宗仁、白崇禧压迫瑶民修炮楼！""全体瑶民团结起来！反对李宗仁、白崇禧收缴瑶民的枪械！""反对李宗仁、白崇禧向瑶民抽税！""瑶民们不做军帽，不当后备队，不出去出操！"

05

1934 年 12 月初的一天，灌阳文市镇五里坪村，乌云笼罩，处处充满杀机。

在催促着徒弟翟太全将一名小红军掩藏在家里的隐蔽处后，村里有名的木匠王桂清终于松了一口气。很多年后，回忆起这件事，他说："我很同情这位小红军，虽然自己也很穷，但我决心要救他。"

小红军叫曾广贵，当时才十六七岁，因跌断了腿而掉队了。

可王桂清的一片好心惹出了大祸。一个星期以后，村长带着一班民团团丁挨家挨户地多次搜查，终于发现了受伤小红军的踪迹。他们气势汹汹地冲进了王桂清的家里，将曾广贵绑了起来。

随后，王桂清被村长带去了乡公所进行审问。

村长用枪顶着王桂清的头，凶狠地大声叫嚣："王桂清，你胆子真够大，竟敢窝藏共军。这小红军的枪在哪里，快找出来交给我。"

"我从没见过枪。"王桂清镇静地回答。

"你为什么把小红军藏在家里？"

"十多岁的小孩腿断了，连路都不能走，救人一命，积德！"

"你老实点，最好马上把枪交出来。"

就这样，一天，两天，三天，王桂清被关在一间阴暗的小房子里足足审问了三天三夜，反动的民团始终没有从王桂清的嘴里得到什么消息。

村长被逼无奈，押走了曾广贵，关进乡公所。

十天之后，副乡长翟畅文再来审问王桂清："王桂清，你再不交出枪来，我就毙掉曾广贵。"

王桂清根本不吃这一套，寸步不让，理直气壮地说："枪没有，要枪毙就连我一起枪毙，先把我枪毙好了。" 翟畅文盘问了几回，还是没有问出什么东西，转头便走了。

乡公所见威胁不成，两天之后，派来一名乡警，叫蒋超权，送给王桂清一张罚款单，写明罚王桂清九块光洋作为曾广贵的伙食费。蒋超权还透露要把曾广贵送到全州去。

"他的腿断了还没好，送到外县必定会死。" 王桂清越想越担心，拼命想办法把曾广贵救出来。

红军战士曾广贵　童团结　提供

50 多年过去了，王桂清老人仍不断收到曾被他救护过的红军伤员从远方寄来的信件和汇款单 蒋仁润 摄

终于，王桂清想出了妙计，在曾广贵被送到半路的时候，就安排徒弟翟太全悄悄地把他背了回来，藏在自己家的牛栏上面。

第二年 3 月，曾广贵的腿好了许多，王桂清又把他转移到邻居翟佑春家后面的小屋里，找大夫治疗了数月才治好他的腿。

12 月，乡公所对红军的搜查松缓了，王桂清叫曾广贵写信回老家探问消息，曾广贵的父亲收到信以后，亲自来把他接走了。王桂清回忆："遗憾的是，他走的时候，我不在家，到大田村做木工去了，没能亲自送他。"

曾广贵走后，善良的王木匠牵挂着小红军，死里逃生的小红军也不忘救命恩人。中华人民共和国成立后，曾广贵一直打听王桂清的消息，直到 1971 年才找到了他的地址，并和王桂清通了信。从那以后，每年春节，曾广贵都要寄一些钱给王桂清，还写了许多信，称王桂清是他的救命恩人。

据 1983 年 2 月 1 日韦民和邓敬和的采访记录，王桂清说他一共收到曾广贵寄给他的 320 多元。

1996 年 5 月 2 日，北京电视台《永恒的瞬间》摄制组从江西瑞金沿着红军长征路一路采访拍摄，来到广西灌阳县文市五里坪，找到了“红军恩公”王桂清。在摄像机面前，81 岁高龄的王桂清老人谈起 62 年前他冒险营救小红军曾广贵的故事时，热泪盈眶，拿出了曾广贵的照片以及他们全家人的合影，有黑白的，也有彩色的，每张照片的背后都写有“王桂清恩公惠存”。在北京电视台的帮助下，1996 年 8 月 20 日，年近八旬的曾广贵来到广西灌阳县文市五里坪拜见了阔别 62 年的救命恩人王桂清。

1934 年 11 月到 12 月，中央红军长征经过广西灌阳文市、水车、新圩、西山等乡镇，地处贫瘠的灌阳山区以它博大而宽广的胸怀，给予了这支队伍无私的爱。

06

“我们在新圩作战的时候，有 100 多个重伤员被安置在下立湾祠堂里，他们都不能行走，部队撤退时来不及转移。伤员被国民党军用棕绳捆住头和脚，用木杆子抬到酒海井，一个个丢下去，好几天后，井里还有人在喊叫。前几年天旱，用抽水机把井里的水抽干了，发现井底还有红军的骨头和捆绑红军的绳子。”这是 1983 年 1 月 17 日刘继元在采访酒海井沉井红军目击证人、失散红军刘来保时，刘来保所讲的一段话。

当看到灌阳县党史和地方志办公室原主任文东柏提供的这份写于 20

世纪 80 年代的笔记时，我是那么震惊！我想，如果没有这份采访笔记，民间流传的故事也许会让人难以置信。

据采访记录：刘来保，原名刘炳煌，原是江西省宁都县人，1934 年 6 月 16 日，十五六岁的刘来保就到宁都县参加了红军。后来，刘来保随部队到福建、广东、湖南等地，后又转到宁都、福建，又转到兴国、于都，从于都到广东打仗，编入第五军团。后在红五师十四团三营二连三排当士兵。

刘来保讲述了自己亲身经历的这场战斗。

“1934 年 11 月 30 日，我奉命来到新圩打阻击，经星子坪到枫树脚村后守山头，在那里打了一天一夜。第二天，天刚亮，敌人就冲上来了，把我们前面的一个排全部打掉了，我们被迫退到杨柳井山上死守，同时抓紧时机下山打了几次反攻。这时，我们的子弹越来越少，连长下令不准乱打，要保证一颗子弹消灭一个敌人。敌人攻不上我们，就派飞机和大炮来对付，我们伤亡很多，一个排只剩下七个人。尽管这样，在没有接到撤退命令之前，我们仍在阵地死守不动。后来，我们排只剩下四个人，大部队敌人从苏东方向冲上来了，连长带我们撤到楠木山村。师部设在楠木山村星子坪，无线电也装在那里。到了楠木山后，敌人增兵不断涌上来，接着，连长负伤，副连长也牺牲了。整连剩下我们几个人，只能编到另外的一个连去了。”

当天，三排守卫楠木山时，与敌人的优势兵力反复战斗，最后，大部分阵亡。刘来保背上受伤了，全身是血，仍然坚持战斗。

下午，红六师十八团前来接防，和桂军在公路边展开了白刃战，刘来保他们又带伤参加了战斗，结果，第十八团的同志全部牺牲了。刘来保在肉搏中用尽了最后的一丝力量，晕了过去。

黄昏，残阳如血，刘来保苏醒过来，从满地的尸体中爬出来，然后艰难地朝着公路边的一个小山坡爬去。

酒海井　童智 摄

1993 年，刘来保亮出身上的累累伤疤，讲述新圩阻击战的悲壮情景　蒋仁润 摄

突然，远处传来了阵阵吆喝声，他伏了下来，不敢出声了。他擦了擦眼睛，朝着吆喝声的方向望去，只见长长的一队国民党士兵，用竹竿抬着捆住手脚的人，从公路上走来。

“抬的难道是红军战士的遗体吗？”刘来保猜疑。

国民党士兵越来越近。

这不是来不及撤走的红军重伤员吗？国民党士兵是从山那边过来的，

新圩阻击战战地救护所　蒋仁润 摄

在阻击敌人的战斗中，红军的伤员就是往山那边的下立湾村送的。红军的战地救护所就设在下立湾村的祠堂里。

敌人把这些红军伤员抬出来，要干什么呢？不可能是救治他们的。刘来保紧紧地盯住那群敌人，心中充满了怒火。

很快，队伍就下了公路，到了酒海井旁。

“我的天啊！敌人难道会把我们的伤员丢进井里？”刘来保有了不祥的预感。

他的预感变成了现实。很快，他就看到两个国民党士兵将一个捆绑结实的重伤员抬到了井边，一个军官指着井口，大声地吆喝着什么，显然是在命令士兵把红军伤员丢进井里。

也许就连那两个士兵也觉得这太伤天害理，他们呆在那里，一动不

1993 年，失散红军刘来保给年轻战士讲故事　蒋仁润 摄

动，犹豫了许久。

“啪啪”的声音传来，国民党军官打了他们两个耳光。那两个士兵仍然不动。

军官无奈，又朝身后的队伍吼叫了几声。

几个士兵从队伍中跑了出来，抬起红军伤员就往井里丢了下去。

“扑通”一声，沉闷的落水声从井里传出。

刘来保又惊又怕又恨。

“畜生！”愤怒的火花在刘来保心里灼烧，“灭绝人性的畜生！天理难容！”

沉闷的落水声再次响起。

刘来保想冲过去，与这帮士兵拼个死活，但是伤口又剧烈地疼痛起

失散红军刘来保收藏的红军大刀　灌阳县博物馆 提供

来，他头晕目眩，眼前一黑，就昏了过去。在意识无法控制行动的恍惚之中，他仿佛还能听到红军战士被投到水里的声音，那声音像打在他的心上，打在他的太阳穴上，好像惊雷一般。

不知过了多久，一阵微风吹过，刘来保醒来，敌人已经离开了。他第一感觉就是渴得难受，想下山去找点水喝。

他艰难地爬到一个庵子附近。当地的一位老妇人见到了他，向他招手喊着："毛毛[①]，毛毛，快往这里来，不然他们会继续来找你的。"

就这样，刘来保被老妇人收留下来，才幸免于难。

老人无微不至地关心刘来保，给他烧火取暖，拿出衣服给他穿，用热水轻轻帮他清洗伤口，口中不停地说："真可怜！怎么把你打成这个样子啊！"

---

① 灌阳当地对小孩的昵称。

尽管老人用草药给刘来保敷了伤口，但几天以后，刘来保的伤口还是感染了。于是，老人改用粉子药给他治疗。一个多月以后，刘来保的伤口才长好。

后来，刘来保成了老人的干儿子。老人给他取名为“来保”，还给他娶了媳妇，并在灌阳安了家。

07

1934年12月的一天，文市玉溪村塘尾巴屯村民文永遂正在田间劳作。

一个戴着草帽、穿着蓑衣、拄着拐杖、一副渔翁打扮的陌生人路过他旁边。

过路人驻足问路，一口的北方口音。

“我听不懂你在说什么。”文永遂回答。

陌生人拿着拐杖在地上工整地书写了他的名字——“乔明增”[①]，笔法娟秀有力，算得上一手好书法。

文永遂猜来者身份非同一般。

此人说话亲切，身负重伤。好心的文永遂收留了他。

回到家，文永遂立即请来懂草药的朋友给乔明增治伤，这让乔明增十分感动。

农闲的时候，乔明增教文永遂学习英语、日语，乔明增的伤治好以后，与文永遂一起到后山去开荒种地，种荞麦、红薯，改善生活。

---

① 后来乔明增的家人说明了他本名叫“乔明珍”。

当年，玉溪村百姓闹饥荒，生活贫困，激起了乔明增的同情心。一天深夜，乔明增找到文永遂，沉重地说："看来，村民饿得难以撑下去了。我在红军里是管财物的，在洪水箐打仗的时候，我在那里埋有两担银圆，是不是我们去挖些回来，救济一下村民？"

第二天，乔明增带着文永遂来到洪水箐寻找银圆。可是，到了那里，乔明增却说忘记藏在什么地方了。明明说得很清楚，又说找不到了，文永遂心里感到很纳闷。

回到家后，乔明增找到文永遂，耐心地解释："这个饥荒时期，你们要挺住，慢慢渡过难关！"

乔明增在文家生活两年以后，一天，他找到文永遂和文永遂的兄长，慢慢讲述了自己的身世："我是山东肥城人，北伐军经过我家乡的时候，我加入了部队，红军长征的时候我在五军团，后随五军团部进入新圩九如堂，到了全军总后卫三十四师。12月5日，在新圩洪水箐，三十四师与国民党军发生了一场激烈的拉锯战。在这场战斗中，我受伤了。现在，我的伤好了，我还要闹革命，返回大部队去，革命还需要我。"

在文家，文永遂和他的兄长两人都有文化，他们能够理解乔明增的想法。

离开文家的时候，乔明增仍旧跟原来的装束一样，把自己打扮成一个捕鱼者的形象。他戴着草帽，穿着蓑衣，拄着拐杖，一瘸一拐地北上。

临别的时候，文永遂送给他2斤炒米和3块田七，作为他途中的食物。

乔明增这一走，竟走了八个月。当他回到老家时，他已经瘦得皮包骨头了，只有他的老母亲能够认识，村里的人没有一个认得出他。

乔明增的弟弟写给文永遂的信件　文东柏 提供

母亲打开乔明增破旧的行李，却发现里面竟然还有两斤炒米，她惊呆了，流着眼泪，放声痛哭：“孩子，你为什么不把它吃掉？”

乔明增回到家乡后，牵挂着收留他的恩人文永遂，给他写信，邀请他去山东做客，并告诉了他那次去洪水箐挖银圆最后又说没找到的原因：那是红军的财产、国家的财产，如果用了，会害了他们。

然而，文永遂是属于寄养过户的孩子，他要赡养几个老人，根本无法去乔家做客。

1938年，乔明增在家乡重新参加了抗日队伍，加入了中国共产党。他作战勇猛，1940年，在对日作战中壮烈牺牲，脚和手被炸掉，其父到战场上将其遗体背回家乡安葬，后建有烈士纪念碑。

乔明增的父亲是一名光荣的共产党员，家有7个儿子，乔明增排行老大。其他兄弟都参与了抗日战争和解放战争，为党和人民谱写了一曲革命的战歌。

后来历经了多次运动，文永遂又想起了乔明增。他终于想通了，如果当初他得了那批银圆，就害了自己和家人了。还是乔明增有觉悟，保护了他。

20世纪70年代，乔明增的弟弟乔明友、乔明祥多次写信给文永遂，向他表示感谢。

灌阳人民为了纪念乔明增，把他在灌阳居住期间与村民开垦的1.5亩荒地称为“乔明（麦）地”。

黄敬佳 图饰

五　魂兮归来

对于英雄，人民不会忘记，历史不会忘记。党的十八大以来，以习近平同志为核心的党中央十分重视红色文化的弘扬和传承，多次作出铭记历史、不忘初心、牢记使命、砥砺前行的重要指示。

为贯彻落实党中央和习近平总书记传承红色基因、弘扬长征精神的指示，灌阳县委、县政府领导高度重视红色文化建设，全力打造湘江战役新圩阻击战爱国主义教育基地。2016 年在新圩镇酒海井旁修建了形为“红军帽”的红军烈士陵园主墓冢。2017 年修建了枪杆子里出政权的标志。2018 年修建了湘江战役新圩阻击战酒海井红军纪念园门楼，对占地 150 亩的陵园地面进行了花岗岩铺设和陵园绿化工作。2019 年新圩阻击战史实陈列馆落成。

为把散葬在灌阳境内的红军遗骸收集安放到红军烈士陵园主墓冢，根

酒海井全景　灌阳县民政局 提供

据失散红军、新圩阻击战亲历者刘来保的回忆、口述资料，以及当地村民的口口相传，对照红军过灌阳的历史背景和史料记载，结合 20 世纪 70 年代当地村民因干旱从酒海井抽水之后发现了一些遗骨的情况，灌阳县委、县政府决定启动酒海井红军烈士遗骸勘探打捞工作，让沉埋于酒海井的红军英灵“回家”，了却灌阳人民几十年以来的夙愿。

01

酒海井红军烈士遗骸勘探打捞工作是一场由政府主导的行动，灌阳县政府办公室、民政局、史志办等相关部门具体组织、策划、实施了这一工作。

酒海井到底有多深？谁也不知道。只听附近的村民讲起过，当年有人用18根棕绳连接起来，一头绑上一块大石头往井里放下去，棕绳一根接一根，18根棕绳放完了石头还在往下坠，也没探到底。有的村民说，以前有人往井里丢下石头，好久都没有听到石头落水的响声……

面对深不可测的酒海井，该如何展开工作？如何安全地实施打捞工作，确保打捞成功？灌阳县委、县政府经过充分考虑，决定外请考古潜水专家先来进行勘探。

“李珍”这个名字首先进入了灌阳县委、县政府领导的视野。他是广西灌阳县人，熟悉灌阳的地域情况。毕业于中山大学人类学系考古学专业的李珍，1987年被分配到广西从事文物考古工作，是广西壮族自治区博物馆文博研究馆员，曾参与和主持广西兴安秦城遗址、邕宁顶蛳山遗址、桂林甑皮岩遗址、临桂大岩遗址、柳州鲤鱼嘴遗址等重大考古遗址的发掘。同时，作为中国第一批水下考古专业人员参与了福建定海、辽宁省绥中三道岗宋元沉船的水下考古发掘工作。

2017年8月12日，由广西壮族自治区博物馆研究馆员李珍，桂林甑皮岩遗址博物馆副馆长、文博研究馆员韦军，桂林甑皮岩遗址博物馆文博研究馆员谢广维三人组成的专家组来到灌阳。

韦军，大学毕业后就在桂林甑皮岩遗址博物馆工作。作为副馆长，他主抓博物馆的社会服务和研究保护工作。作为考古领队，他多次参加、主持桂林甑皮岩、大岩父子岩、龙王庙等桂林地区史前考古工作。他还参加过福建“碗礁一号”、西沙“华光礁一号”等沉船的水下考古发掘工作，多次参加过海南环岛、福建沿海地区、广西北部湾等多地的水下

下井勘探（上图） 灌阳县民政局 提供
水下勘探（下图） 灌阳县民政局 提供

打捞人员韦军　灌阳县民政局 提供

考古调查工作。

谢广维，广西文物保护与考古研究所考古队队员，文博研究馆员，大学毕业后即在广西文物保护与考古研究所工作。他长期专注于秦汉时期考古工作及水下考古工作，曾参加肯尼亚水下考古、北部湾水下考古调查、内陆省份湖泊水下考古调查等水下考古工作。

韦军说：“我一接到李珍的通知，就事先做好了充分的心理准备和身体准备。我准备了 5 毫米厚的潜水衣，又准备了游泳帽，一方面为了防止失温，另一方面为了防止作业时头部碰撞到溶洞内尖锐的岩石。”

当时，尽管是桂北秋旱少雨的季节，但由于酒海井属于地下溶洞，在新圩镇所处的位置最低，是新圩街、共耕村、潮立村、光明村、龙塘村和和睦村六个街区、村落地下水的汇集处，井里的水位仍然很高。

当专家们拉着专业的打捞设备从南宁匆匆赶到酒海井时，眼前的景象却与他们的想象大不一样。他们发现这里的井口并不是很大，井内的水质不佳，水面上还漂浮着一层薄薄的污浊物。

通过对酒海井周围进一步勘探，专家们发现井的北面还有一处岩缝有水，实则为另一口井，有污水，但流动性不大；井的南面有一个消水洞，有地表水流入。地表水流入时，形成漩涡，流速很快，水的能见度约为 1 米。

最后，专家们得出了总体评估：水的能见度差，流速大，潜水环境不理想。

然而，最让人担忧的还是井的溶洞入口处支流的水流速度缓慢，但进入溶洞内的干流流速不断地加大，存在不可控制的因素。因为酒海井的周围是高大的石灰岩山体，完全有可能在低洼处的酒海井一带形成巨大的地下水干流。

凡事预则立，不预则废。专家们进行详细的现场勘探，制订了周全的预案，打好心理战。

8 月 13 日上午，灌阳县委、县政府在酒海井举行了勘探打捞红军遗骸工作启动仪式，并由俸顺喜作为祭祀人，按照当地的风俗在仪式启动前进行了祭祀。

为什么要选择俸顺喜作为祭祀人呢？一是因为他是红军的后代，在酒海井殉难的红军将士都是他父亲的战友，也是他的长辈，按照农村习俗，理应由他来烧香、划纸钱；二是他担任过灌阳县民政局局长，在任期内扩建了县烈士陵园，修建了酒海井红军烈士纪念碑和酒海井烈士殉难处的防护栏等，为灌阳县的拥军优属、拥政爱民工作做出了重要贡献，为广大党员、团员、干部职工和各界人士进行党员先进性教育、国防教育、爱国主义教育和革命传统教育提供了一个好基地和好场所，为灌阳红色文化的传承和建设做出了突出贡献；三是他对红色文化，对英烈有一种特殊的感情和情结。他说：“为这些为了理想信念而不畏艰难困苦、不怕牺牲、敢于抛头颅洒热血的烈士们做点什么，使这段光荣革命史在灌阳这片红色的土地上代代相传，这一直以来是我的愿望。今天，我来为烈士祭祀是义不容辞的。”

仪式结束后，打捞组确定韦军和谢广维为第一组，蒙长旺作为应急潜水员，以防万一。

因为韦军参加水下考古工作较早，水下考古工作经验丰富，所以，他责无旁贷地成为第一个下水、潜游在最前面的打捞人员。

潜水工作开展之前，先举行了庄严、简朴的祭奠仪式。大家列队向英烈所在的酒海井默哀、鞠躬、上香。由县领导作为代表，表达对革命先烈的尊重、告慰。

根据专家组的意见，消防救援人员协助把绳子的 端固定在井边的石柱栏杆上，把绳子另一端的锭沉入井底，同时还根据工作经验对现场的安全设施进行了修整和加固，以确保万无一失。同时，安装云梯，方便打捞人员上井和下井，把氧气瓶等潜水用品吊下去。

下井后，韦军和谢广维迅速把潜水装备穿好，准备好水下电筒、照相机，沿着绳子缓慢地潜入水中。他们穿了厚实的潜水衣，身子并没有感觉到井水的冰凉，主要担心的是在水中遇到毒蛇等具有危险性的生物。

潜在前面的是韦军。那天很幸运，水的能见度不错。入水半米左右，他还能看到一些细小的虾子，水的流动性很小。

当下潜到 1 米多深时，他发现了许多散乱叠压的石块。再往下，又发现了压在石块中间的连体防水衣等其他杂乱物品。

他们期望能够找到红军烈士的遗骸、枪支、徽章等，却一样没有见到。

他们沿着绳子继续往下潜，发现溶洞内空间越来越小，见到的只有岩溶壁和大石块，还有许多浮游颗粒。

在能见度约 1 米的位置，人横着身子就不能下潜了。他们只能调整潜水姿势，保持头部朝下脚在上面的姿势往下潜游。

这时，他们听到了背上的钢瓶碰撞岩壁的声音，眼前往下的溶洞口已不到 1 米宽，预计已经到了不能再下潜的位置。如果再往下潜，就有可能发生被卡在洞里出不来的危险。

韦军拿着手电筒的手尽力往下探，让手电筒的光亮往前照射，但眼前却是一片混沌，一无所获。

在潜入七八米的深度后，他们只能头部朝下脚朝上地沿着绳索慢慢倒退回到宽的水域处，再调整身姿浮出水面。

谢广维跟在韦军的后面下水，水受到了扰动后泛起细小颗粒，形成遮蔽，他根本看不清楚周边环境。

随着向下行进，水的能见度越来越低，好在手中有绳索，他才回到水面，否则，谢广维将会迷失在水中。

因为井下环境复杂，建筑垃圾太多，下潜人员不得不停止工作，勘探工作一时无法继续。

韦军回忆："我们下去以后，最开始水面能见度不是很好，但是再往下以后，大概有 1 米的能见度，我们沿着主线绳下去，发现整个岩壁是一个喀斯特石灰岩发育的状态，而且发育得非常好，相对来说显得岩壁上面有很多尖锐的东西，整个洞口是斜着下去的，在往下斜的洞道上有些建筑垃圾，对洞口有一定的堵塞，若把那些垃圾稍做清理，还是可以继续往下走的。"

这次下水勘探，尽管没有找到红军烈士的遗骸和其他相关物品，但通过水下勘探，发现了大量石块的存在，专家组由此判断酒海井的洞体走向是斜向发育的，而且还有一个小平台，这个平台上堆积了许多石块。否则，他们潜入水下时是不可能看到这些石块的。专家组也由此推断，这个平台上极有可能会承载着革命先烈的遗骸或遗物。

专家组出井以后，经过分析、研判，做出初步报告，并建议灌阳县政府再次开展搜寻工作，最好能跟岩溶、地质部门合作，在考察酒海井周边的水文情况后，把周边流入酒海井的地下水抽干，把井里的石块搬走，然后，再开展类似于陆地考古那样的发掘工作，或许这样，能够找到红军烈士的遗骸或遗物。

02

是继续坚持，还是等待时机？遗骸勘探打捞工作一时陷入了困境。

时间一天一天地过去了。

半个月之后，灌阳县委、县政府决定启动第二次下井勘探，时间正是

2017年8月31日。

此前,酒海井红军烈士遗骸勘探打捞工作第一次启动的消息一经发出,便引发了全社会的高度关注。

这次，杭州蓝旗国际潜水俱乐部的洞潜专家总领队朱铁俊和蓝旗总教练韩颋赶到了灌阳。

这家潜水俱乐部在海外获得过世界多个潜水组织认证，并参与了“南海一号”古沉船的定位、打捞和拍摄工作。

他们又是如何知晓这件事情的?

朱铁俊说:“我们从腾讯新闻上了解到这一信息后，第一时间便联系了灌阳县委宣传部，申请协同打捞红军遗骸。因为杭州蓝旗国际潜水俱乐部是中国标杆的洞潜俱乐部，我们希望用我们的专业力量，为帮助红军先

打捞人员朱铁俊　灌阳县民政局 提供

灌阳县政府启动第二次勘探打捞工作　灌阳县民政局 提供

烈‘回家’这件光荣而有意义的事情尽上一份心力。”有了杭州蓝旗国际潜水俱乐部精兵强将的支援，打捞工作组的信心大增。

但酒海井打捞和普通的潜水不同，朱铁俊说：“这是洞潜，危险系数、技术含量都比较高，而且必须具备较好的心理素质。在洞潜的过程中，克服心理恐惧，也就是常说的幽闭恐惧症是最为重要的，还要面对有可能出现的洞内塌方和未知生物偷袭等方面的危险。在一片漆黑，开着大灯能见度都极有限的环境下，这种心理压力是不言而喻的。”

8 月 31 日下午 1 时，杭州蓝旗国际潜水俱乐部总教练韩颋穿上 150 斤重的专业潜水服，在现场消防救援人员的帮助下，跨上云梯，一步一步从洞口下到井里。

在广西，像酒海井这样的洞口被他们洞潜者形象地称为“天窗”，“天窗”之上是光明，“天窗”之下是幽暗错杂的水洞、水道，其中很多甚至

仰视酒海井“天窗”　灌阳县民政局 提供

从形成开始就无人涉足，如果一旦有洞潜人员在陌生洞区出现意外，就很难有获救的机会。

酒海井的“天窗”虽然有一定的宽度，南北 2.2 米宽，东西不足 4 米宽，但对于需要穿着厚重的专业潜水服的潜水者来说还是很窄。

韩颋只能和装备分离，入水后，再叫人把氧气瓶从“天窗”吊下来，继而在水中完成安全准备工作。

下井前，朱铁俊和韩颋在村民中做了详细的调研，得知酒海井的一些信息：1965 年，当地大旱且逢枯水期时，有村民下到酒海井，在水面以下 20 多米深的地方（后来证实了远不止 20 米），发现两个横向洞口，其中一个较深，高度约 1.8 米，人能直立进入。那次入洞，那个村民就发现了一些人类遗骸，并将一些遗骸放在另一个口径较小、较浅的横向洞口里。最后由于害怕，就再也没有往里面进了。

下水以后，刚开始下潜，韩颋就发现水下环境杂乱，能见度极低。

继而，他发现了一个非常狭小的洞穴，里面满是淤泥，人在里面一搅动，整个淤泥就全部浮了起来，20 分钟以后，整个水体全部混浊。

他只能徒手探索。遵循专业洞潜标准，韩颋采取了螺旋式的方法摸索下潜，但整个井下水质极为混浊，即便是开着头上的探照灯，最多也只能看到周围 30 厘米内的模糊景象。只有靠近井壁，才能看见突起的岩石、砖头和石块等杂物。

因为井里的整个区域属于低洼地，全是落水口，一些建筑废弃物、垃圾、淤泥堵住了下潜的那个横向的洞口。

经过 40 分钟的下潜作业，再也行不通了，韩颋只能往回退。

此时，围观的群众正紧张地守在井口，不时地朝井下张望。

韩颋的头终于露出了水面，他湿漉漉地从井里爬上来，喘着气说："井下有一个斜向下倾斜度很大的洞口，洞口有许多石块堆叠在一起，只有先把这些石块清理出来，才能进一步深入井下。"

韩颋休息了一会儿之后，在消防救援人员的协助下，再次潜到井下，在深井中一筐一筐地进行了石块和砖头的清理，一共清理出十几筐石块和砖头。

9 月 1 日，韩颋再次下水，试图通过水上水下协作清理石块。但是，由于石块太多，清理出部分杂物之后，最终还是暂时取消了打捞计划。

井下情况不明，淤泥过多，一个人在井下，又是陌生的区域，非常冒险，一旦发生危险就很难施救。

劳累了一个上午的潜水员认为，在目前这样手工作业的条件下，仅靠一两个潜水员的人力，是很难清理完井下的砖头和石块的。

只能另辟蹊径。但是，另外的路又在哪里呢?

当地村民向正在打捞的工作组提供了一条极为重要的线索：“在离酒海井不远的山脚下，另有一个有水岩洞，很有可能与酒海井有地下暗河相连。”

在当地村民的指引下，专家组来到了离酒海井 120 米的山脚下，进入村民所说的洞中，通过探测仪器发现：这岩洞底部的走向确实朝向酒海井方向。

杭州蓝旗国际潜水俱乐部的韩颋第四次潜入水中，试图找寻新的洞穴通道进入酒海井。

大家的心紧张地悬了起来，都期待韩颋这次下水能有新的发现。

然而，大家还是失望了。半个小时以后，洞口就出现了潜水灯的光影，韩颋露出了水面，这比专家们预计的时间提前了许多。

韩颋摇了摇头，很沮丧地说：“这岩洞水下的能见度比酒海井还低，我潜入水下 20 多米之后，发现四周都是厚厚的淤泥。后来，我又坚持朝酒海井的方向横向走了 45 米左右，淤泥越来越多，堵住了去路，无法前进，我只好返回。”

杭州蓝旗国际潜水俱乐部的打捞工作虽然没有实施成功，但打捞出两块不完整的石碑，从石碑上的文字推测，井下确实有红军遗骸。同时，他们无偿地向灌阳县政府提供了极为珍贵的酒海井潜水勘探剖面图和详细的打捞计划。

从酒海井和新入口都不能到达遗骸沉积处，打捞工作组只得另想

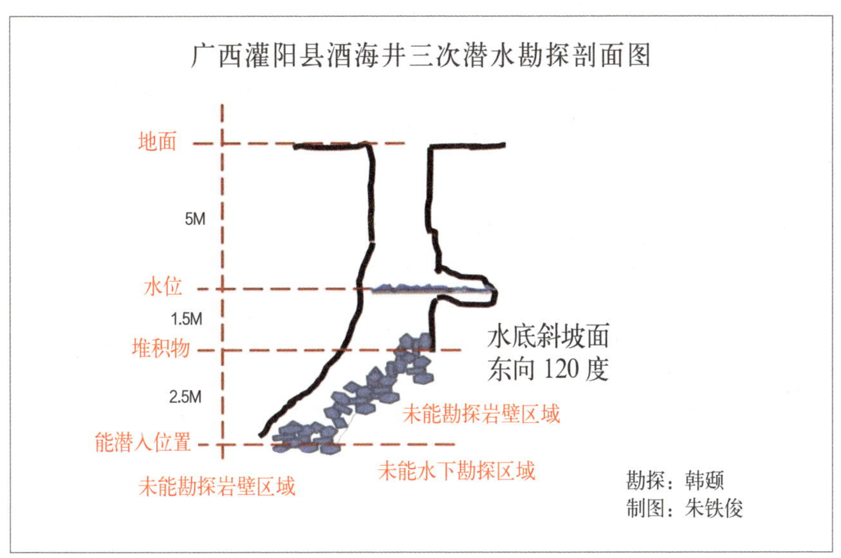

酒海井井下示意图　灌阳县民政局 提供

办法。

打捞工作牵动着灌阳县委、县政府工作人员的心，灌阳县委会议室灯火通明，县委书记、县长等主要领导亲自坐镇，县委宣传部、县政府办、民政局、文旅局、消防、武警等相关部门的领导参加了会议。当天的会议一直开到 9 月 2 日凌晨 1 时。

县里最后下定决心，决定从 9 月 2 日开始，先用抽水机将酒海井的水抽干，再用机械作业将井下的垃圾清空，争取早日见到井底，找到烈士遗骸，让他们早日“回家”。

03

酒海井地下水系复杂，洞穴交错，如果找不到正确的出水或入水口，很难抽干井里的水。

打捞组进一步考察酒海井及周边的环境，发现了酒海井有10多个地下河口，且这些地下河口的水流量大小不一，有的流量大，有的流量小；水的流速也不一样，有的流得湍急，有的流得缓慢。必须从多处地方同时抽水，才能将酒海井中的水抽干。

灌阳县委、县政府再次狠下决心，只要是有地下河口的地方都必须安装抽水机，绝不遗漏任何一处地方。

首先对上游的地表水进行截流，减少了流入井里的水量。

随之，抽水之战打响。

县防汛办、水电局先部署了6台7.5千瓦功率的抽水机，抽水量达每小时20多立方。由新圩镇水管所做好安全布线工作。

9月2日下午，6台抽水机加大马力，同时发力。酒海井的水位立即就下降了许多。

正当大家高兴之时，水位下降20厘米后，下降速度突然就变缓慢了。

这时，打捞组又从桂林买回5台潜水泵，在几处水流量较大的地方，增加抽水机的数量。

10余台抽水机嗡嗡地响个不停，七八个负责抽水的工作人员废寝忘食，昼夜坚守在阵地上，24小时马不停蹄地轮番作业，他们心里只有一个目标：不管有多困、多辛苦，都要把水抽干。

1天，2天……时间在打捞组繁忙的劳作中悄然过去，但酒海井的水位下降速度仍然十分缓慢。

昼夜运转的抽水机因无法承受超负荷的工作，1台，2台……发动机先后告急，抽水机陆续出现问题，几天时间就有 5 台出现了故障。

这时，围观的村民开始动摇起来："酒海井的水是六个村（街区）的地下水汇聚的地方，哪有那么容易抽干？！"有的村民则说："时间都这么久了，就是水抽干了也不会有什么东西。"有的村民说："这只是传说而已，哪能捞到什么东西啊？"

参与这次抽水工作的和睦村支部书记蒋军发已经几天几夜没有合眼了，但他信心十足。他坚信一定有新的收获，他相信村里老人说过的话，20 世纪 70 年代，抗旱的时候，村里人抽水灌溉水田，就发现了遗骨。

打捞组决定增加一台大功率的发电机来加大抽水的动力。

水车乡水车水库得知这一情况以后，在第一时间把一台 50 千瓦大功率的发电机运到了现场。但运到现场以后，由于年久失修，发动机无法运转，抢修人员维修到凌晨 1 时才能启用。

分流也是抽水工作遇到的一大难题。一些地方要经过架桥接管方能把抽出的水引出去。

为解决这一问题，灌阳县水电局派来了桥梁水电专家孙先坤。

有了大功率发电机的增援和桥梁水电专家的科学指导，事情出现了新的转机，酒海井的水位开始明显下降。时间到了 9 月 4 日，酒海井的整体水位已经开始大幅度地下降。

在多个部门的密切配合下，经过 10 天 10 夜的抽水、阻水、分流等艰辛努力，9 月 10 日下午，传说中神秘莫测、深不见底的酒海井终于见底，露出了石块和淤泥，大家欢呼雀跃。

蒋军发说："看到水越来越浅，我的心里有了前所未有的高兴和期待。"

水位开始下降　灌阳县民政局 提供

用机械清理井下淤泥（上图）　灌阳县民政局 提供
井水已抽干（下图）　灌阳县民政局 提供

04

当天下午，工作人员抓紧时机，在井口支起钢架，安装起建筑升降机，开始进行清淤。

光明村村民蒋发兆和平田村村民刘毅、陆新玉、范玉新是政府确定的4位一线下井清淤人员。

现龄52岁的蒋发兆，有着结实的身体，老实、勤快、吃苦耐劳，在村里有口皆碑。

刘毅和陆新玉为夫妻俩，刘毅刚满46岁，陆新玉45岁，夫妻俩有10余年在建筑工地开吊机、挖孔砖等的作业经验，算得上建筑行业的资深人士。

62岁的范玉新是刘毅的姨丈，在4人当中虽然年龄最大，但身材最魁梧，体力也不逊色于其他3人。

政府选择这4人作为这次清淤工作的一线工作人员，主要从品德、体力、年龄、技能、胆识等方面进行了充分考虑。

“我是9月10日接到新圩镇刘书记打来的电话的，他是挂钩我们村的领导，通知我去酒海井打捞红军的遗骸。接到电话时，我很高兴，很激动，想到红军在黑暗中睡了几十年，现在终于有机会让他们‘回家’了。”蒋发兆陷入回忆中。

9月10日下午，蒋发兆的手机铃声突然响了起来，电话是新圩镇纪委书记刘训习打来的，通知他去打捞红军遗骸，他义不容辞地就答应了。

同时，刘毅、陆新玉和范玉新 3 人也相继接到了刘书记打来的电话。

4 人接到电话后以最快的速度赶到现场。

按照打捞组的任务分工，由蒋发兆和刘毅负责井下淤泥清理；陆新玉负责开启电动吊车；范玉新负责将井下打捞出来的淤泥搬走。

一切准备工作就绪。

蒋发兆和刘毅进入电动吊车的塑料桶里，随着吊车的下降依次下到井底。

站在电动吊车塑料桶里的蒋发兆和刘毅，最初心里是充满恐惧的。因为能感受到电动吊车的上下升降，人的手却触碰不到井边，身体容易失去平衡。

从此，在平田村、光明村到酒海井之间，人们每天都可以见到 4 个来去匆忙的身影。清晨，天边还没显现第一缕阳光，他们就出了家门；夕阳西下的时候，他们才拖着疲惫的身子回到家里。

清淤工作一开始就陷入了困境。因为酒海井的淤泥沉积了不知多少年，如同胶水一样黏稠，粘连着无数大大小小的石块，板结在一起。锄头、铁铲等机械工具根本无法使用，只能用手来挖掘。

更何况淤泥里不仅夹杂着许多大大小小的尖锐石块，还有许多以前村民喷洒农药时随手丢弃的破碎玻璃瓶。

蒋发兆和刘毅的手指无数次被刺破，血流不止。

井下，狭小的空间，闷热的空气，让蒋发兆和刘毅每天都湿透了衣服，这是一场体力的较量；腥臭的泥味刺鼻，让人极度不适。冷、饿、困、疼，紧张、恐惧，其中况味只有亲历者才可以理解。

采访打捞人员蒋发兆（左一）　杨希云 摄

采访打捞人员刘毅（右一）和陆新玉（左二）夫妇　杨希云 摄

打捞人员蒋发兆（左）和刘毅　灌阳县民政局 提供

他们用水管冲洗淤泥，用手一块块地把松动的石块捡到塑料桶里，再放到吊车上，每天清理出的石块多达 150 桶。他们的手脚由于长时间在泥浆里浸泡，都泛白发肿了。

开启电动吊车的陆新玉是一个手脚麻利的女人，虽然开了 10 多年的吊车，动作娴熟，但每次开启吊车时，她都极其认真、谨慎，生怕发生意外。

淤泥从井里清理上来，任务就落到范玉新身上。他虽然已年过花甲，但每次一把淤泥吊上来，他从不轻率地就用斗车拉走。这些从井里清理上来的泥巴可不是普通的淤泥啊，对于每车淤泥，他都要用手一一揉捏过，检查过一遍又一遍，生怕里面还留有遗骸。

范玉新的手指也曾多次被玻璃刺破，血流不止。

但流血对于他们算不了什么，他们只有一个共同的心愿，就是尽快找到红军的遗骸。在接受这个任务的时候，他们就已经想通想透了：再苦再

井下挖掘现场　灌阳县民政局 提供

难能难得过长征？流点血就计较的话，那些在战争中牺牲的红军战士，在井下几十年，又该多委屈啊！

05

清淤工作从 9 月 10 日开始。

时间一天天过去了，没有什么新发现。

每天在井边围观的群众有 1000 人以上，人们每天都悬着心，关心着酒海井打捞工作的进展。

9 月 12 日，清淤工作终于取得了实质性进展，上午 10 时，在清理淤泥到 3 米深处一个井壁窝进去回水湾的地方时，蒋发兆发现了第一块遗骸。

酒海井打捞出来的棕绳　灌阳县民政局 提供

在稀烂的淤泥中，显现出一根黑色的骨头，两头大，中间小。他立即用手机报告井上的领导："捞到了一根骨头。"

当发现第一根骨头的消息传到井外时，人们的心情突然沉重起来，几十年的传说终于有了答案。

1 块，2 块……遗骸越来越多。

蒋发兆和刘毅将挖掘出来的遗骸一块一块小心翼翼地装入早已备好的瓷缸，一一做好记录，包扎好红布。

每装进一块遗骸，蒋发兆的心里都好像被针刺了一下。他说："我亲眼看到这些骨头，并将它们一块一块地捡到坛子里，我的心情非常难过，多年来讲的酒海井丢红军的故事被证实是真实的。"

蒋发兆清楚地回忆起当时的场景："我在挖的过程中突然发现了一根

酒海井打捞出来的红军衣扣　灌阳县民政局 提供

骨头，一开始我以为是木棒，拔了一下，就弄断了一截。后来，我就慢慢挖，捞出了这一截。在捞的过程中，我又发现了另外一截，我把另外的那一截拿出来。继续捞，在捞的过程中又发现了肋骨。再往下捞，就发现了手骨头。手骨头拿出来后，就发现了头颅骨。”

挖掘工作继续进行。1 块，2 块……7 块，8 块……这是细细的肋骨；1 块，2 块……7 块，8 块……那是小小的块状头颅骨，从 9 月 14 日开始就发现得越来越多了。

细心的蒋发兆发现，在淤泥中的众多遗骸里，头颅骨的位置大都出现在底部，其他骨骼位于上部。显然当时的红军战士是头部朝下被扔入井中的。

突然，一段遗骸跃入刘毅的眼里，他胆战心惊：“这是一个颈部的骨骼，被一根完整的还没散开的黑色棕绳圈捆着。”他仔细地数了数，一共捆了 6 圈。

接着，他又发现了一根手臂的遗骸，也被一根完整的黑色棕绳缠绕着。他数了数，也是一共捆了 6 圈。手一碰，棕绳就散了，显然是经历了很久的时间。

当天晚上，他回到家里，食之无味，一口饭都吃不进，整夜难眠，满脑子全是这些绳子和遗骸的影子。

这些捆住遗骸的棕绳，基本上都连着带孔的石头，手一碰，棕绳就散了。

这带孔的石头，是要牢牢拴稳沉住受了伤的红军，让他们挣脱不得啊！想象井下红军临死的情景，是多么惨烈而让人痛心。

虽然遗骸越来越多，但蒋发兆和刘毅的清理工作却没有丝毫的马虎。他们尽管只是朴实的农民，但是也在实际的工作中感受到了这件事意义的重大。淤泥里每一个疑似遗骸的物件，都不会溜过他们的眼睛，他们用清水慢慢地冲洗，细细地辨认。

在井上搬运淤泥、杂物的范玉新认真把好最后一道关口，对于吊上来的淤泥、杂物，他都要进行再次辨认后才一车一车地拉走，以确保烈士的每一小块遗骨都不会被遗漏。

揉捏、搬运……一日复一日，一车又一车，范玉新每天都要无数次地重复这固定的动作，其中的辛苦和劳累，只有他自己心里知道。大多数时候他的工作是徒劳的，但也有例外的时候。有一次他在清理淤泥的时候，发现了几块骨骸；还有两次，他分别发现了 1 枚生锈的子弹和 2 粒扣子。

红军遗骸颅骨上的创伤　灌阳县民政局 提供

经过清水的冲洗，从井下挖掘出来的手骨、腿骨、脚骨、颅骨清晰地显现出来。

9 月 16 日上午，在酒海井旁，灌阳县委、县政府举行了第一次简朴而庄严的遗骸升井仪式。

武警官兵满怀崇敬的心情，双手托着骸骨，迈着矫健的步伐，一步一步地把遗骸送到临时搭建的专家鉴定棚。

来自中山大学社会学与人类学学院的鉴定团队穿着白色的工作服，戴上白色的手套，对清理出来的骨骸一一分类、清洗。

中山大学社会学与人类学学院副教授李法军从体质人类学的角度，对骸骨的性别、年龄、身高、体重，以及骨头上的创伤等情况进行了初步判定：“从严谨的科学角度来分析，现在我还不能完全确定这些遗骨就是属于红军战士的。如果从严格的科学角度来讲，至少需要两个证据，一是要从这口井里挖掘出有辨别性的物品，比如有标志性的红军战士的列装和器具，或者所使用的日常用品，至少要符合20世纪30年代这个时期的；二是这只是一个相对的年代，属于清代到民国或民国之后，从严谨的科学测试角度来讲，还要有碳14测定的科学测试，对从骨骸里提取出来的样本进行测定以后，才能确定是属于哪个时期的。这个是可以做到的，当然也要看这个骨骸的保存情况。这样，可以有依据判断这些骨骸是否属于红军战士。”

06

时间到了2017年9月21日，清淤工作一共紧张有序地开展了11天半，共清理出土石方120方、大大小小的骨骸400多块。

9月22日上午，灌阳县政府在酒海井旁召开湘江战役新圩阻击战红军烈士遗骸鉴定结果情况通报会。

这是一次科学、严谨的鉴定结果情况通报会，参加会议的人员除了专家、学者、打捞烈士遗骸的工作人员，还有灌阳县领导，以及闻讯赶来的红军后代代表、国内数十家媒体记者。

此次对酒海井内遗骸进行清洗、修复、测量和鉴定的工作，由中山大学社会学与人类学学院副教授李法军带领4名研究生——刘畅、梅欣欣、张月和邱林欢实施。

由于经历了80多年的水流冲击与沉积，红军烈士遗骸整体保存较差，

遗骸鉴定结果情况通报会（上图） 灌阳县民政局 提供

中山大学副教授李法军宣布鉴定结果（下图） 灌阳县民政局 提供

大多数遗骸已破碎。许多遗骸骨体变黑，并发生碳化现象。

李法军抚摸着这些碳化的遗骸时，眼泪立即就涌了出来，他深知，遗骸要到碳化的程度，这需要埋藏多久的时间啊！

烈士遗骸的破损和个体分离程度较高，因此，无法在短时间内寻找到某一烈士的完整遗骸。也因为井下暗流等作用，多数烈士的遗骸很可能已被冲散或冲走。

部分烈士遗骸周围保存了完整的呈绑缚状的棕绳残段和依附在遗骸上的坠石。

李法军团队严格依据体质人类学的准则，结合骸骨自身的诸多特征、考古埋藏学、党史研究、历史记录、当地居民的口头叙述等信息，对出自酒海井的烈士遗骸进行了综合分析，出具鉴定报告，报告显示：可确定个体在 16 例以上，总体估计超过 20 例；可判断个体均为男性，年龄在 15—25 岁；可判断个体身高在 1.37—1.63 米，体重在 53.56—55.67 公斤；骨骼整体发育较弱，个别烈士存在龋齿和牙釉质发育不全等症状；一位烈士颅骨上有明显的外力创伤痕迹，是致命伤；骨骼与棕绳、坠石及遗物等均有明确的埋藏学共出关系。

李法军说：“根据现场遗骸分布情况和人体骨骼研究，可以看出这批红军普遍营养不良，在生前遭受了残酷的折磨和迫害。”

15 岁啊，正是一个人在长身体、还没有成年的时候，就献出了宝贵的生命。

他们的骨骼都没有发育成熟，他们还是孩子呢！家里的亲人可能还在盼着他们回家团聚呢！

这些专家得出的不同信息，都指向了同一个历史事实：酒海井所打捞出的骨骸应为当年罹难的红军烈士遗骸；这些红军烈士生前曾经遭受了残酷的折磨和迫害，并且遭到残忍的杀害。

最后，李法军代表专家组宣布："酒海井所发现的人骨，从埋藏现象以及体质人类学研究的结果来看，都与老红军回忆、当地村民口述相传的事实完全吻合，可以认定，从酒海井里清理出来的人体遗骨，应该就是1934 年被国民党反动派丢进井里惨遭杀害的红军战士的遗骸。"

酒海井红军遗骸的鉴定结果情况通报会，引起了社会各界及众多媒体的关注。

桂林电视台记者来到现场，采访了新圩镇和睦村 80 多岁的老人蒋仁贵，他沉重地回忆当时的情况："那时，红军在穆子岭打仗退回来的时候，把这些伤员留在我们祠堂。我看到很惨很造孽，没饭吃，就送饭给他们吃，送点稻草给他们住，看见我送饭给他们吃，他们赠送了一盏马灯给我。"

和睦村村民蒋仁贵讲述在救护所的故事　灌阳县民政局 提供

澎湃新闻记者专程赶到了现场，采访了李法军。

澎湃新闻：“如何认定这批遗骸系 83 年前的遇难红军？”

李法军：“这个结论是综合党史研究、口述材料记录、当地居民历史记忆、遗骼现场分布情况、骨骼情况等作出的，是综合现有信息作出的判断。我们的研究没有‘先入为主’，骨骼极其集中，这不是偶然，所鉴定出年龄段多是青壮年，且均是男性，没有老人和小孩，这些都有对应关系。”

澎湃新闻：“从所发现的人体骨骼，能看出哪些信息？”

李法军：“和现在的同龄人相比，从骨骼可以发现，这批红军身高偏矮，骨骼整体发育瘦弱，可以看出当时的红军生活艰苦，营养不良，但肌肉状况还可以，说明有一定的运动量、锻炼量。”

广西文物保护考古与研究所研究员李珍说：“从井内清理的情况来看，遗骸相对集中于距井口深约 10 米、与地下河口相对的回水湾处，遗骸旁有

研究员李珍接受采访　灌阳县民政局　提供

打结的棕绳和石块，部分遗骸被棕绳裹住，说明生前被捆绑着。由于流水与沉积等作用，大多数遗骸均较为破碎，骨体变黑，并发生了碳化现象。加上遗骸的上部有厚约 2 米的堆积，说明遗骸所埋藏的时间不是现在，但也并不是特别久远。而且，近 20 个人同时被埋在井里，绝非偶然现象，应是有意而为的群体事件。经向附近村民调查了解，以及县内几十年来重大事件的记录等均显示，酒海井内无大批人畜尸体投入。”

专家的证言，让打捞了数日的蒋发兆心里得到了一种莫大的安慰：“如今找到了红军战士的遗骨，可以让他们离开黑暗阴冷的井底，免受水泡之苦，迁葬到红军墓，让后人敬仰祭拜。”

07

这些遗骸，经过专家的科学鉴定，终于水落石出，有了自己的名字——红军。他们是我们最亲的人，是最可爱的人。

9 月 22 日，入殓仪式开始。由谁来把这些红军的遗骸放入灵柩，这是一个需要慎重考虑的问题。

曾任红三十四师一〇〇团团长的韩伟将军的儿子韩京京，是红军的后代，为灌阳县红色文化的弘扬呕心沥血。他是最佳的人选。

9 月 21 日晚上，韩京京专程坐飞机从北京赶到灌阳县。22 日一早，就从灌阳赶到了酒海井。

这时的酒海井，四周山上的灌木像披上了金装，红军纪念园里的松柏却仍然通身翠绿。

在专家鉴定处，红色的桌布上面，摆满了大大小小的红军遗骸。韩京京来到现场时，感觉触目惊心。

韩京京正要伸手去拿取红军的遗骸，一位工作人员上前对他说："韩老师，你是否戴上手套？"

"他们是我的亲人，我为什么还要戴手套呢？我难道连摸自己的亲人都怕脏吗？还嫌弃吗？"

韩京京一接触到这些冰冷的遗骸，就无法控制住自己的情感，不禁泪如泉涌。

"这么多小肋骨，这么细小，这都是十几岁的孩子啊！还谈什么人权，讲什么人性，这是阶级仇恨的结果。红军真正推翻的是剥削阶级的反动统治，这是共产党员最基本的东西，是由共产党的本性所决定的，共产党指挥下的中国工农红军就是为天下老百姓谋幸福的！"韩京京心里既有愤怒又有感叹。

9 月 24 日上午，酒海井红军纪念园，在庄严而肃穆的气氛中，灌阳县政府隆重地举行了湘江战役新圩阻击战酒海井红军烈士遗骸安葬仪式。

安葬仪式上，一位白发苍苍、步履蹒跚的老人站在主席台上，她声泪俱下，哽咽着说："听父辈说每一次把伤员留下来，他们都是一步三回头，心里好难受，'战友啊，我的好兄弟，希望你们能安安全全地养好伤，我们再一起上战场'。而伤员们心里非常明白，留下来首先面对的是敌人疯狂的反扑以及追来的反动派，根本没有时间寻找藏身的地点，伤员们都是抱着视死如归的心情和队伍挥别的……"

她叫钟安屏，77 岁，她的父亲就是红五师的政委钟赤兵。钟女士刚做过手术，她听说这件事以后，不顾身体的病痛，特意从北京赶来参加这次仪式。

钟女士的父亲钟赤兵，在长征途中右腿中弹，因当时医疗条件较差，三次截肢，彻底失去右腿。她的母亲也是一名老革命，后在新疆入狱。1940年，钟女士在狱中出生，靠狱友们咀嚼食物，嘴对嘴喂大，后被人领养。她的母亲被杀害。直到中华人民共和国成立后，她才被父亲托人寻回，此时，钟女士才知道养父养母不是她的亲生父母。

随着《义勇军进行曲》雄壮高亢的旋律响起，广场上自发而来的社会各界群众共3000余人，齐声高唱国歌，并向敬爱的红军烈士敬献鲜花。

专程从北京赶来的红五师师长李天佑之子李亚明，对着灵柩三鞠躬以后轻声地说："红军先烈，我代表我父亲及全家来送你们最后一程！"然后，含泪鞠躬献上鲜花。

自治区有关部门负责人、桂林市委领导和县里主要领导及红军后人代表，庄严地为红军烈士灵柩盖上鲜红的国旗。

9时30分，广场上响起忧伤的乐曲：

一送红军，下了山，

秋风细雨，缠绵绵。

山上野鹿，声声哀嚎叫，

树树梧桐，叶呀叶落光。

问一声亲人，红军啊，

几时人马，再回山。

……

人们满含泪水，目送着 4 名武警战士抬着灵柩缓缓走向红军墓冢。

随着仪式的结束，这些沉埋于酒海井 83 年，为红军主力突破湘江付出生命和鲜血的人民战士终于远离黑暗阴冷的井底，入土为安。

这些曾经年轻的生命、不屈的英灵，在酒海井苦苦等待了 83 年之后，终于“回家”了。

他们的姓名也许再也无人知晓，但他们的英魂和功勋将与发生在桂北大地上的这场惊心动魄的血战一样，永远被人铭记。

历时 1 个多月的酒海井红军烈士遗骸打捞工作终于画上了句号，酒海井又恢复了往日的平静。

红军烈士遗骸安葬仪式　灌阳县民政局　提供

08

酒海井红军烈士遗骸的成功打捞，让灌阳县委、县政府对做好红军烈士遗骸的收殓保护和集中安放工作充满了信心。全县上下动员，全力推动红军遗骸的收殓工作。

灌阳这片红色的土地，青山处处埋忠骨。

红三十四师从板桥铺、湛水村向西翻越宝盖山赶往湘江时，遭到桂军地方民团骚扰，部分落伍的伤病员在竹岭脚被抓捕，30 多名红军战士被丢入甑子岩，壮烈牺牲。

羊田村的百岁老人周新妹，90 多岁的老人陆德妹、黄荣宗等，还有 80 多岁的老人黄荣城、黄荣富等，这些年龄较大的村民，他们都做证："我们都听父辈讲过红军打仗、伤病红军经过我们村的事，驻扎在竹岭脚的国民党好残忍，抓到红军就往甑子岩丢，一共有 34 名红军被丢进甑子岩洞里。"村民黄荣初说："我听父辈讲，许多受伤的红军经过我们村时，都被反动派抓获，被丢进甑子岩的红军有 30 多人。我父亲亲眼看见一个民团成员将两名红军战士活活地丢进了甑子岩里。"

2018 年 12 月，灌阳县政府启动甑子岩红军遗骸打捞工作。

在新圩镇潮立村羊田村老岩凸山的半山腰，甑子岩隐藏在一片丛林之中，扁圆形的洞口，漏斗状的洞道剖面。

重庆洞穴探险队副队长刘佳接受了这一重要的打捞任务。这位女队长被誉为中国地穴探险先锋，她曾 6 次探测重庆万丈坑及支洞，垂直深度 841 米，创造了目前所能及的最深纪录，使重庆万丈坑跻身中国竖洞探测深度第二位。2016 年，刘佳在美国《国家地理》年度探险人物评选中成为中国区十大提名探险家之一。2017 年，刘佳荣获中国户外运动领域的最高奖项“金犀牛”2016 年度风云人物奖。

接到这一任务以后，这位勇敢的女子第一感觉非常震惊：“这洞里面怎么会有 30 多名红军呢？”她勘探过无数的洞穴，但还是首次接到这样的任务。

刘佳想起，来这之前她在微信朋友圈里看到一个转发的网页链接，讲述的就是灌阳酒海井里打捞出 20 多具红军遗骸的故事，没想到自己此次接受任务的所在地点竟然和那个悲壮故事的发生地在同一个地方。

此时，她心情异常激动，有一种义不容辞的感觉。

激动之后，刘佳心里突然又忐忑不安起来，她的脑子里不断地浮现出酒海井红军遗骸成堆的照片。她把想法进一步放大：这个洞里有 30 多名红军遗骸，是不是比酒海井的红军遗骸要多得多呢？整个洞里或许都是红军的遗骸吧！

2018 年 12 月 4 日下午 3 时许，天空阴沉沉的一片，呼啸的寒风刮起，桂北的大地上空气清新而冷冽。

在甑子岩的洞口，人们的心情紧张地悬着。

只见刘佳穿好专业服装，稳健地走到洞口，往洞里丢下一块石头，她仔细地听了听石头下落的回音，判断出洞穴的深度：“这洞有七八十米深。”

随后，开始布线。刘佳在洞穴的岩石上选择出最佳的受力点，用电锤、车修壁虎、挂片、GO 锁设置了双锚点后，第一个下洞。

借助绳子的牵引，刘佳一步一步地往洞里下行。

顺着绳索下降约 1 米往西面树根处，她设置了偏移点；继续下降约 2 米，又设置了双锚点；再下降 2 米，往西面横移 1 米，再次设置双锚点。在此处，她发现洞道南面、西面岩壁平整陡直，有水流的痕迹；东面、北面岩壁有泥土、树根，以及部分洞穴沉积物、少量壁流石， 洞道呈 90 度垂直向下。

在下行的途中，从第四处锚点继续垂直下降约 20 米，洞道开始缩小，她突然发现了两处岩坎，呈东南方向转向。

第一处岩坎，洞道横截面直径约 3 米，西面有壁流石，面积约 2.5 平方米，斜度约 50 度，上面有泥土及小碎石堆积。为防止碎石掉落伤人，刘佳将可能掉落的碎石进行了清理，并在岩坎西面设置了单锚点，随后沿绳索继续下降，洞道由此处转向东南方向约 30 度。

从第一处岩坎继续垂直下降约 15 米，出现了第二处岩坎，岩坎面积约 1.5 平方米，斜度约 70 度，堆积物较少。

根据勘探，甑子岩两处岩坎之间洞道形态均匀，但第二处岩坎较之第一处岩坎有缩小，洞道走向略转东南方向。

从第二处岩坎下降约 35 米即到洞底，洞道空间逐渐变大，横截面最大直径约 10 米，呈圆筒状；用绳索下降时，部分洞道为全悬空状态。

刘佳在第二处岩坎西面设置双锚点。

她机警的目光不停地搜索着洞中的抛物。因为洞为竖洞，她起初以为岩坎的平台上会有红军的遗骸堆积。

刘佳仔细地察看了岩坎的平台，后来发现平台的倾斜度较高，即使物体被抛下去，被平台搁住的概率也是非常小的。如果红军烈士被抛进洞里，也不会落在平台上，而会直接落到洞底。

洞穴底部为洞厅，面积为 40—50 平方米，地面并不平整，有大量泥土和碎石堆积物，南北最宽处约 5 米，最窄处约 1.5 米。东西宽约 10 米，东高西低，东面有高为 20—30 米的烟囱形洞道直通顶部。

洞厅地面有大量岩石、泥土堆积。西面有一处面积约 1 平方米的小洞道，地面平整，为硬泥面。南面也有一处面积约 1 平方米的小洞道，目测垂直向下有一处长约 30 厘米、宽约 10 厘米的裂隙，疑为消水点，但被大量泥土和石块堵塞。

根据调查得到的信息，刘佳坚信洞里一定会有红军的遗骸。

但因为年代太久，红军的遗骸很有可能会受长期以来的地壳塌陷或地质变迁影响而被埋住。

刘佳用小铲子试着挖掘，挖出大量蟾蜍、蚯蚓、斑灶马等洞穴生物，但未发现遗骸。

她利用带入洞中的花木锄头，在绳索落点处和南面的消水点附近继续进行挖掘。由于石块太多，且混有泥土，挖掘难度较大。

当挖至半米深时，她发现了一对人体大腿股骨和几根胫骨。

此时，刘佳突然有了幻觉，她似乎看到了一个个年轻的生命从洞口的上空不断地飘落下来，擦着洞壁，碰撞着、翻滚着、哭喊着，一张张被泥土和鲜血模糊的脸庞，痛苦而刚毅，越来越近。

她伸手想抓住他们的手，突然，梦幻破灭了。

刘佳清醒过来，立即用对讲机与洞口的人员通联，汇报了发现人体遗

下洞　刘佳 提供

骸的消息。

洞口的人们得知这个消息，悲喜交集。因为在这之前，谁也不能完全确定村民说洞里有红军遗骸的传说属实。

晚上 7 时许，夜幕降临，打捞人员返回洞口，完成了对洞穴的初次勘探工作。刘佳对大家说："我们这次勘探的主要任务完成了，确定了洞里有红军的遗骸。"

2019 年 1 月 26 日，甑子岩红军遗骸挖掘工作正式启动。临近春节，桂北的天气十分寒冷。

刘佳带领专业队员 5 人再次来到灌阳。其中，队员陈杰和陆昌庆本来

下洞　刘佳 提供

正在赶往贵州探洞的路上，接到刘佳发来的任务之后，立即从贵州驾车赶来，连续驾车长达 12 小时。

陈杰是红军的后代，他说："我的外公是红军，无论来这里的路途有多么遥远，我也要来参加这次打捞行动。因为我的心里对红军有一种特殊的情结！"

挖掘工作异常艰难，洞里的泥土厚实而坚硬，而且土里夹杂着许多坚硬的石块。

据当地村民说，或许是出于好奇，许多人第一次经过这个洞口的时候，都会往这个洞里丢一块石头。

仰视　刘佳 提供

刘佳说：“当时，在洞的周围，我们找不到一块石头，周围的石头全部被丢进了这个洞里，洞底基本上都是石头，石头之间夹着泥土，非常难挖。而且，洞底也非常狭窄，还要考虑怎么把挖出来的泥石搬出洞穴。”

80 多米深的甑子岩，如果靠人力去搬运洞里的物体显然是不现实的，必须配备相关的机械来助力才能完成。

打捞人员首先想到了使用卷扬机将物体运出洞外。

但安装卷扬机并非一件容易的事，它对周边环境有着严格的要求，绳索必须是一绳，且机器要安装在洞口。如果洞口有转弯的话，卷扬机通过弯道把物体运上去就会有很大的风险。

必须准备一个铁桶。

但如果洞道有转弯，铁桶被卷扬机拉上去的时候，也会有碰撞，也是非常危险的。

因此，确定卷扬机绳索下降的位置至关重要。

甑子岩的洞道内有两个转折点，转折点的位置正好错开。卷扬机的绳索下降的位置要求正好从两个转折点的重合处下去，才能避免磕绊。

如果发生磕绊，卷扬机就会倾覆，铁桶就会发生倾斜，里面的石头将全部倒下来。这样的话，洞底的人是没有地方可以躲藏的，这是挖掘人员可能遇到的最大的安全问题。

在调试卷扬机的过程中，又遇到了新的问题。因为卷扬机的动力不足，当上升到一半的时候，刹车失灵，卷扬机吊挂的铁桶往下坠落。

幸亏处于调试阶段，否则铁桶的坠落将会对下面的挖掘人员造成致命的伤害。

挖掘　刘佳 提供

工作组更换了新的卷扬机，动力足够了，洞底挖掘人员的安全有了保障。

这时，卷扬机上装卸泥石用的铁桶又出现了新的问题。因为一开始铁桶是没有盖的，每次升降的时候，铁桶的边沿都会被岩壁侧面凸出来的钟乳石绊住。铁桶被绊住，光缆线就会发生挂断或脱落，出现新的危险。

2019 年 2 月 27 日，重庆洞穴探险队 5 人第三次来到灌阳。这次铁桶得到了改装，加盖了金字塔形的盖子，这样，铁桶就能顺滑地通过岩壁，畅通地上下穿行。

为确保安全，每次卷扬机起吊或下放铁桶时，所有人必须挤到一处可以躲避落石的安全处，这使挖掘工作的效率受到极大影响。

挖掘工作持续了 7 天，其中 6 天遇上了滂沱大雨，工作人员只能在洞口搭建雨棚，建立临时厨房。队员每天的中餐都是由地面工作人员做好，用卷扬机吊下来的。大家都挤在洞底一处没有落水的斜坡用餐。

连日的大雨，洞内四处渗水，洞顶满是雨滴，探险队员不得不穿着雨衣作业。一锄挖下地，泥浆四溅，每天出洞，探险队员满脸都是泥浆，耳朵里、头发里全是泥。

作业期间，探险队员的大小便是大家遇到的一大难题。大便出洞解决，小便就地用塑料瓶装好带出洞。洞底面积小，男队员转身就方便地解决了。刘佳是唯一的女性，每天进洞前和在洞里作业时都得控制饮水量，每天小便都得忍到出洞才能解决。

队员陈杰来这之前录制了 50 多首革命歌曲，他说在挖掘的时候要放给红军战士听。

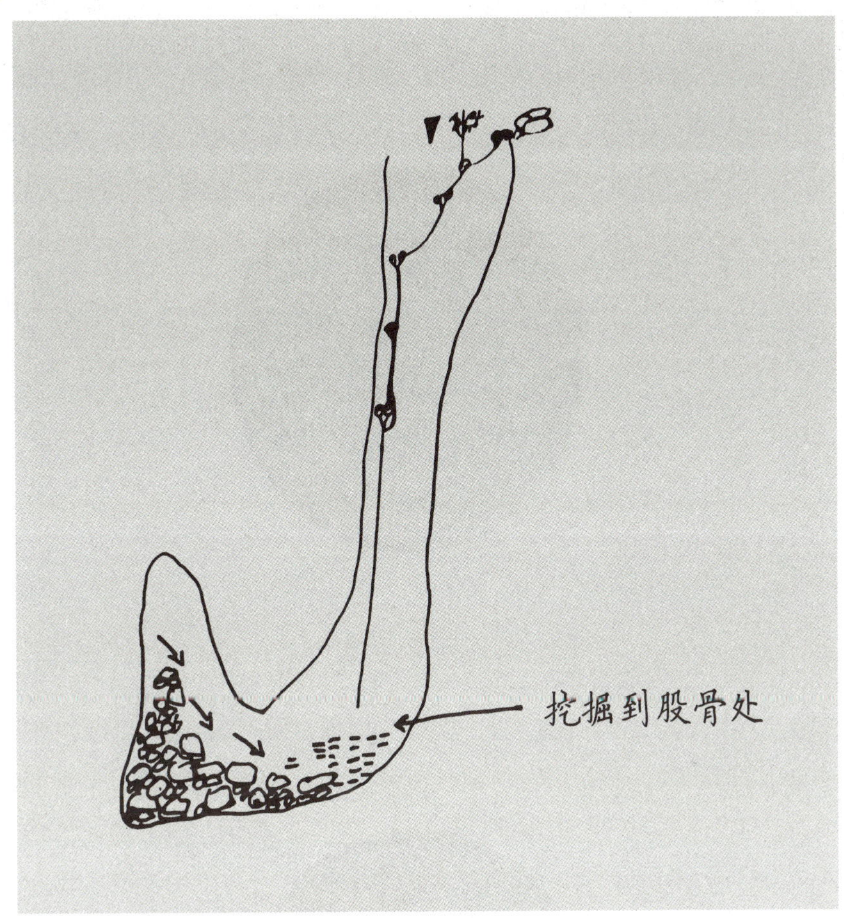

甑子岩挖掘红军遗骸示意图　杨希云 提供

每天挖掘的时候，陈杰都一边播放革命歌曲一边挖掘。悠扬的音乐从洞穴里飘出来，人们的心情是沉重的。

一天中午，队员都上到洞口吃饭了，唯独陈杰没有上来，他说他想一个人留在洞底静静地吃一次饭。

突然，从洞口飘出激昂的《国际歌》，在歌声里，从对讲机里传来了

打捞出来的苏维埃钱币　王唯　提供

陈杰的哭声。

在洞底，陈杰独自一人，关掉了电灯。洞里黑黝黝的一片，只有洞口的一束微弱的光照射下来。陈杰感觉到只有他和这30多位英烈在一起，此情此景，他想起了当年红军被推下这个竖洞的惨烈场景，触景生情，放声痛哭起来……

由于年代久远，挖掘出的不少骨头成了极小的碎片，变得跟泥土一样的黑色，有的跟树木枝混在一起，难以辨认。为了不遗漏每一根碎骨，运到地面的所有泥石，都必须由地面的工作人员再次冲洗筛选甄别。

这次挖掘出的遗骸，共8箱（军队的统一标准箱）800多块遗骸（碎片）。其中，许多牙齿都是白色、细细的，认定大多是年轻的红军战士。此外，挖掘出一枚较为珍贵的苏维埃钱币。

2019年8月28日，灌阳县委、县政府在湘江战役新圩阻击战酒海井红军纪念园举行红军烈士遗骸迁葬仪式，一共将57个红军烈士散葬点收殓的17具，28箱2600多块红军烈士遗骸碎片安放到红军烈士主墓冢。至此，灌阳县委、县政府终于完成了一项党和国家交给的光荣的历史使命，红三十四师在甑子岩被敌人残忍杀害的烈士遗骸，终于得到了妥善安放和保护。

星火燎原，忠魂不孤。长征精神，辈辈传唱。这些革命先烈虽然离开了我们，但他们所留下的长征精神，犹如一座巍巍丰碑，永远根植在灌阳这片用鲜血染就的土地上……

黄敬佳 图饰

六　不忘初心

湘江战役，使中央红军的人数从 8.6 万余人锐减至 3 万余人，是中央红军在长征途中战斗最为激烈、损失最为惨重的一次战役，也是红军自创建以来受创最重、牺牲最大的一次战役。它是红军将士英勇血战的英雄篇章，影响深远，教训深刻。

而新圩阻击战是湘江战役中极为关键的一次前卫阻击战。当时香港《循环日报》报道：文市战斗之激烈程度，“为赤匪抵桂北以来所创举”；新圩“连日战事，异常剧烈，比文市之役尤甚”。英勇的红军战士用简陋的装备及血肉之躯抵挡敌人的疯狂进攻，在坚决阻击和反复争夺的战斗中，为中央机关人员抢渡湘江争取了时间。

美国著名作家哈里森·索尔兹伯里在他的《长征：前所未闻的故事》中说过：“长征不是传统意义上的‘征程’，不是一场简单的战役，也不是简单的胜利。红军置之死地而后生，履险如夷地从蒋介石的手掌心里走了出来。在这场看不到尽头的撤退中，红军一次又一次在千钧一发之际避免了失败与覆亡。……在我们这个世纪中还没有什么其他事件能够像长征一样让人如此神往，也没有什么事件像它一样如此深远地改变了世界的未来……长征举世无双，迸发于其中的英雄主义火花燃起了拥有 11 亿人口的民族的梦想，使中国沿着无人能够臆测的命运一路向前。”

今天，回顾这段悲壮而厚重的历史，带给我们无尽的思考和启迪。

01

我们要记住革命的先烈。

在湘江战役中，中央红军付出了惨重代价。渡过湘江之后，中央红军已由出发时的 8.6 万余人锐减至 3 万余人，主力作战部队损失惨重。尤其是殿后的红五军团第三十四师全军覆没，师政委程翠林、政治部主任蔡中均在战斗中牺牲，师长陈树湘受敌人追击身负重伤，也壮烈牺牲。红八军团被打散，最终撤销了建制。据时任红三军团第四师政委的黄克诚回忆：“自开始长征以来，中央红军以通过广西境内的损失为最大，伤亡不下 2 万人。”

习近平总书记说过：“对一切为国家、为民族、为和平付出宝贵生命的人们，不管时代怎样变化，我们都要永远铭记他们的牺牲和奉献。”只有记住革命的先烈，才能懂得我们的幸福生活是无数先烈用鲜血和生命换来的，从而不断地警示自己，珍惜今天来之不易的幸福生活。

新圩阻击战雕塑　童智 摄

02

我们要传承红色基因。

我们要传承红军爱护群众、严守纪律的优良作风。红军每到一个地方驻扎下来，都亲切地称老百姓为“老乡”。他们总是将宿地打扫得干干净净，离开时还向群众表示谢意。凡损坏和丢失群众的东西都照价赔偿。群众送上一把青菜、一个红薯，他们都要如数付钱。群众不要他们的钱，他们就不要群众的东西。而他们有好吃的东西，也不忘分给住户一份。新圩镇坦屋村蒋式杞回忆：“红军待人和气，不打人，不骂人。他们住在我家，杀地主的猪，大碗大碗的猪肉舀给我吃，我母亲从来没有哪一次吃过那么多猪肉。”水车乡东流村村民唐福林说：“红军纪律很好，从不乱拿老百姓的东西，我们叫他们吃红薯，他们拿一个红薯就给一个铜板，你不要他的钱，他就不要你的红薯。我父亲帮红军挑担到古岭头才回来，红军发给他 5 个铜板，还给了一张纸条做凭证。”

我们要传承红军不怕吃苦、勇于斗争的精神。被敌人截断在湘江东岸、陷入重重包围之中的红三十四师，在返回湘南途经新圩时，饥寒交迫，许多战士饿得四肢无力，他们摘野菜吃，捞猪潲吃，仍然坚持战斗。

红色基因是中国共产党人的精神内核，蕴含着我们党的信仰、宗旨和追求，集中体现了中国共产党人的理想信念、思想路线、群众观念和纪律作风，是中国共产党克难攻坚、取得一个又一个伟大胜利的思想武器。习近平总书记多次强调，要把红色传统发扬好，把红色基因传承好。

新圩阻击战主战场旧址　童智 摄

近代以来，没有哪一个政治团体像中国共产党这样，拥有如此众多的为了胸中的主义和心中的理想抛头颅洒热血、前仆后继、义无反顾、舍生忘死的奋斗者。他们不为官、不为钱，不怕苦、不怕死，只为主义，只为信仰。他们在中华民族历史上展现了空前顽强的生命力和战斗力。

习近平总书记指出，红军将士视死如归、向死而生、一往无前，靠的是理想信念。为什么中国革命能够成功？奥秘就是革命理想高于天，在最困难的时候坚持下去，这样才能不断取得奇迹般的胜利。

这些可爱的红军，就是真正的英雄！他们就是中华民族的脊梁！

03

我们要弘扬长征精神。

毛泽东同志说过："长征是宣传队，是播种机。"美国著名作家埃德加·斯诺在《西行漫记》中说："在某种意义上来说，这次大规模的转移是历史上最盛大的武装巡回宣传。红军经过的省份有二亿多人民。在战斗的间隙，他们每占一个城镇，就召开群众大会，举行戏剧演出，重'征'富人，解放许多'奴隶'（其中有些参加了红军），宣传'自由、平等、民主'，没收'卖国贼'（官僚、地主、税吏）的财产，把他们的财物分配给穷人。现在有千百万的农民看到了红军，听到了他们讲话，不再感到害怕了。"

红军在灌阳的宣传和实际行动，深深地教育和唤醒了灌阳人民群众。他们在当时不仅冒着生命危险暗中帮助红军，而且逐步认识到红军的道路

酒海井红军纪念园　童智 摄

酒海井红军纪念园　童智 摄

是广大贫苦农民翻身得解放的唯一正确道路。

在新圩阻击战时，战场内外的几十个村庄都有群众支持红军作战，有的帮助红军通风报信，有的帮助红军磨米送饭，也有的帮助红军挖战壕和运送武器，仅新圩镇板桥铺村就有黄荣新、黄荣甫等三四十名群众参加了支持红军作战的行动。水车乡水车村翟老满结婚刚几天就去为红军挑弹药，途中遭到了敌人飞机的轰炸，不幸身亡。

中央红军进入灌阳以后，为红军带路、挑行李、抬担架的群众更多，几乎沿途的村庄都有。许多群众还把红军送出外省，到了湖南、贵州等地才回来，有的村民甚至献出了宝贵的生命。水车乡湾门口村村民胡世明为红军挑行李到贵州，由于路途辛苦，回到家里 10 天就病逝了。

红军在灌阳浴血奋战的悲壮史诗、一往无前的革命英雄主义精神，深深铭刻在灌阳人民的心中。在后来的抗日战争和解放战争中，有近百名灌阳人民的优秀儿女献出了宝贵的生命。

朱德总司令在祭奠革命烈士时说过这样一句话："你们活在我们的记忆里，我们生活在你们的事业中。"

今天，我们弘扬伟大的长征精神，就是要深深缅怀为中华人民共和国建立而英勇牺牲的英雄们，牢牢记住"打江山不易，守江山更难"的警示，珍惜今天来之不易的幸福生活，保持和发扬战争年代的拼搏精神。

人无精神则不立，国无精神则不强。精神是一个民族赖以长久生存的灵魂，唯有精神上达到一定的高度，中华民族才能在历史洪流中屹立不倒、奋勇向前。诚如习近平总书记在纪念红军长征胜利 80 周年大会上所说："长征这一人类历史上的伟大壮举，留给我们最可宝贵的精神财富，就是中国共产党人和红军将士用生命和热血铸就的伟大长征精神。”

04

我们要不忘初心。

不忘初心，方得始终。初心纯正方能行稳致远。

2019 年是中华人民共和国成立 70 周年，也是我们党在全国执政的第 70 个年头。习近平总书记语重心长地告诫大家：“我们走得再远，都不能忘记来时的路。只有回看走过的路、比较别人的路、远眺前行的路，弄清楚我们从哪儿来、往哪儿去，很多问题才能看得深、把得准。”

伟大长征精神，是中国工农红军一次次绝地逢生、一次次转危为安的倚仗，是用鲜血凝聚起来的精神，是中国革命独特的精神气质的浓缩和集中体现，是中国共产党人初心和使命的注解和真实写照。作为中华民族的一分子，必须守初心、担使命，奋力走好新时代的长征路。

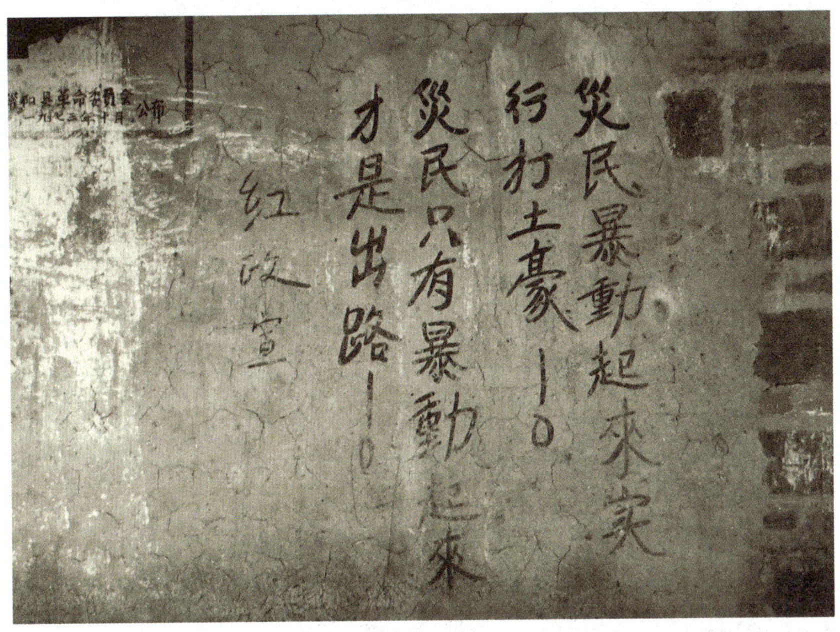

红军标语（上图） 蒋仁润 摄

红军用的军旗（下图） 蒋仁润 摄

《快把伤员藏我家》 宁新生 绘画

《带路》　宁新生 绘画

参考文献

[1] 中共灌阳县委党史办公室 . 红军在灌阳 [M]. 南宁：广西人民出版社，1994.

[2] 汪记雨，黄汉星，韦民 . 突破湘江 [M]. 南宁：广西人民出版社，1995.

[3] 王太和 . 我的父辈在长征中 [M]. 北京：中共党史出版社，1995.

[4] 刘天野，夏道源，樊书深，等 . 李天佑将军传 [M]. 北京：解放军出版社，1993.

[5] 金一南 . 苦难辉煌 [M]. 北京：作家出版社，2015.

[6] 中国人民政治协商会议全国委员会文史资料委员会《围追堵截红军长征亲历记》编审组 . 围追堵截红军长征亲历记·原国民党将领的回忆（上、下册）[M]. 北京：中国文史出版社，1990.

[7] 中共灌阳县委组织部，灌阳县史志办公室 . 红军在灌阳故事集 [A]. 内部资料（2018 年准印证号桂 1011883 ）

[8] 李涛 . 湘江血泪 [M]. 北京：长征出版社，2012.

[9] 黎汝清 . 湘江之战 [M]. 北京：人民文学出版社，2012.

[10] 中共广西壮族自治区委员会宣传部 . 红军长征过广西纪实 [M]. 南宁：广西人民出版社，2006.

[11] 钱林森 . 绝命后卫师 [M]. 北京：红旗出版社，2016.

[12] 丁玲 . 红军长征记 [M]. 桂林：广西师范大学出版社，2006.

[13] 哈里森・索尔兹伯里 . 长征：前所未闻的故事 [M]. 朱晓宇，译 . 北京：北京联合出版公司，2015.

[14] 王熙兰 . 腥山血岭——红军长征过桂北纪实 [M]. 上海：上海人民出版社，1996.

[15] 埃德加・斯诺 . 西行漫记 [M]. 北京：东方出版社，2005.

[16] 姜廷玉 . 红军不怕远征难：红军长征若干重大史实聚焦 [M]. 南昌：江西人民出版社，2017.

[17] 薛春德 . “三湾子弟”韩伟将军 [M]. 北京：人民出版社，1995.

后 记

2018年的冬天，灌阳县旅游局局长文丢云找到我，希望我为家乡创作一本反映酒海井红军遗骸打捞工作的红色题材报告文学作品。

作为一名灌阳籍的作家，出于对英烈的敬畏，书写时代的英雄，我觉得既是我的责任，也是我的义务。

2018年12月25日至2019年元旦期间，我请了几天工休假，回到家乡进行采访。

采访期间，我遇到了灌阳久违的雪景。

尽管一路冰雪，我还是克服了种种困难，在灌阳县民政局的精心安排和帮助下，深入采访了酒海井红军遗骸的一线打捞人员蒋发兆、刘毅及其妻子陆新玉、范玉新等人，采访了灌阳县组织参与这次打捞工作的周恒志、余旭生、刘训习等人，还有红军后代俸顺喜。同时，我还电话采访了韦军、刘佳等外地赴灌阳的打捞人员，采访了当年在这场战斗中帮助红军的村民后代李清鸾等，还远赴京城采访了李天佑之子李亚滨、韩伟之子韩京京等，走访了酒海井、新圩阻击战遗址、灌阳县博物馆等地。

除此之外，我还查阅了十几本有关湘江战役、长征的书籍。

在接下来的4个多月的时间里，每天的工作之余，我完全沉浸在创作之中，与主人公进行灵魂的对话，抚摸他们灵魂的脉搏，探寻他们生命的真谛，我的灵魂一次又一次地得到净化，也深深地被震撼着、感动着，我多少次热泪盈眶，又多少次在梦里惊醒。

说真的，在我的创作历程中，我的情感和思绪从未像这样沉痛过、感动过、愤怒过。

古人云："得人心者得天下。"

中国著名作家张雅文女士说过这样一句话："一个把党派之争、政权之争凌驾于国家与民族利益之上的领袖，缺少的不是韬略和学识，而是缺少一种为国家和民族担当的精神品质，缺少一种为国家和民族高度负责的胸怀！这大概是蒋先生（蒋介石）最终失败的一个重要的因素吧！"

苦不苦，想想长征二万五。我想，这应该是我在创作这本书的过程中所获得的最大的精神财富。

本书共分为六章，第一章，"沉痛往事"引出全书主题；第二章，"红色土地"，记述湘江战役前的桂北革命火种；第三章，"铁血阻击"，讲述湘江战役之新圩阻击战的始末；第四章，"鱼水情深"，讲述红军战士与灌阳当地群众的互助往来；第五章，"魂兮归来"，讲述酒海井、甑子岩红军烈士遗骸打捞的细节；第六章，"不忘初心"，深入阐述红色基因和长征精神。

本书出版之际，在此向给予本书出版大力支持与帮助的中共灌阳县委、灌阳县政府、灌阳县党委宣传部、灌阳县民政局、灌阳县文旅局、灌阳县广播电视局、桂林市电视台、灌阳县博物馆、新圩镇政府、水车乡政府等部门，以及漓江出版社，还有文丢云、余旭生、曾艳、刘明洲、俸顺喜等同志，一并表示衷心的感谢！在此，还要特别感谢中国工程院院士、“杂交水稻之父”袁隆平先生题写书名，李天佑之子李亚滨先生为本书作序，中国著名作家张雅文女士对本书进行指导，蒋仁润、文虹、吕辉、文东柏、唐章正、杨希云、童智、刘佳等为本书提供了许多珍贵的相片，感谢著名党史专家庾新顺先生和黄利明先生对本书的审读，感谢《广西法治日报》原主任编辑黄敬佳先生为本书校阅并设计分章图饰，感谢著名画家宁新生先生为本书创作插图。

童团结
2019 年 7 月 13 日完稿
2021 年 10 月 6 日修改
2021 年 11 月 27 日修改
2021 年 12 月 4 日修改